義神慶丁
　彭陶

천마신교
낙양지부

# 천마신교 낙양지부 22

정보석 新무협 판타지 소설

초판 1쇄 찍은 날 § 2019년 2월 11일
초판 1쇄 펴낸 날 § 2019년 2월 18일

지은이 § 정보석
펴낸이 § 서경석

편집책임 § 최광훈

펴낸곳 § 도서출판 청어람
등록번호 § 제387-1999-000006호
등록일자 § 1999. 5. 31
어람번호 § 제2-2771호

주소 § 경기도 부천시 부일로 483번길 40 서경B/D 3F (우) 14640
전화 § 032-656-4452   팩스 § 032-656-4453
http://www.chungeoram.com
E-mail § chungeorambook@daum.net

© 정보석, 2017

ISBN 979-11-04-91934-3 04810
ISBN 979-11-04-91369-3 (세트)

**22**

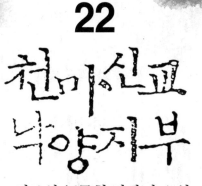

천미신교
낙양지부

정보석 新무협 판타지 소설

FANTASTIC ORIENTAL HEROES

도서출판 청어람

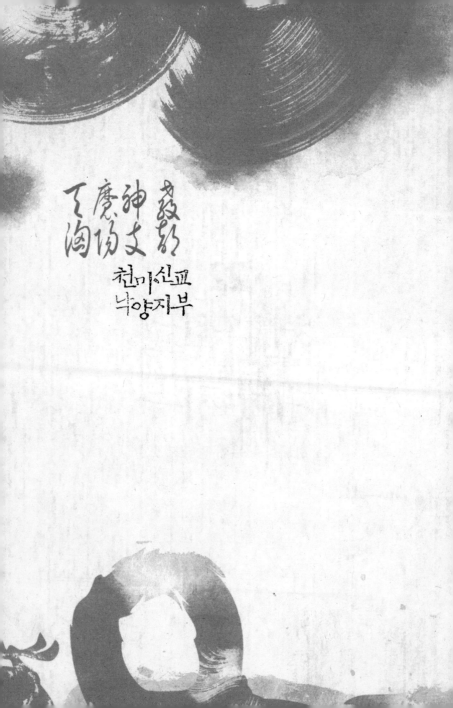

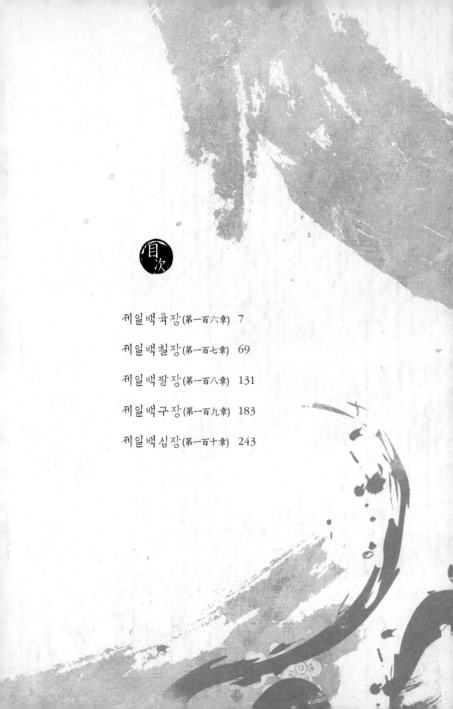

目次

# 제일백육장(第一百六章)

백도와 흑도 양쪽을 화합하게 만들겠다고 선포했던 황만치의 계획은 실로 간단해 보였다.

파양호에 살얼음이 어는 날 자정, 양쪽에서 파견된 고수들을 데리고 그가 스스로 생사혈전이 벌어질 장소를 정하겠다는 것이다.

그 만남 이후, 남궁세가는 보선에 탑승한 채 호구(湖口)에 정박해 다른 백도의 세력을 기다렸고, 도창(都昌)에 있던 천살가 역시 남창에 위치한 본 가로 귀환했다.

천포상단과 파양채와 호강채까지도 태수의 말을 따랐기

때문에, 귀환은 별 탈 없이 진행되었다.

자신의 처소에서 피월려와 차를 마시던 돈사하가 입을 열었다.

"묘해. 묘한 술책이야."

피월려가 고개를 끄덕였다.

"그의 선포가 어떤 의미인지도 알 것 같습니다."

"화합하게 만들겠다는 말?"

"그 목적은 그가 전에 말한 대로 현상 유지. 체면과 장악력 때문에라도 싸울 수밖에 없는 남궁세가와 천살가의 총력전을 막을 수 있는 길은 하나밖에 없습니다."

"뭔데?"

"바로 각 수장의 양패구상. 좀 더 넓은 의미로 말하면 수뇌부로 한정된 양패구상입니다. 한 가문 전체가 패배하여 수많은 사상자를 낳게 되면 인연의 실타래로 인해 백도와 흑도가 줄줄이 개입하게 됩니다. 따라서 태수로서 가장 이상적인 판은 바로 가주님과 창천호검이 일대일 싸움으로 이번 전쟁을 판가름 내는 것입니다. 그로 인해서 양쪽에서 합의를 보고 흑백대전이 일어나기도 전에 종지부를 찍는 것입니다."

돈사하도 고개를 끄덕였다.

"아무래도 그것이 가장 깔끔하지."

피월려가 말을 이었다.

"문제는 그것이 성사될 수 없다는 점입니다. 강호의 수많은 암투와 심계는 난잡합니다. 하지만 그걸 모두 불식시키고 공정한 싸움을 이끌어내려는 태수의 노력이 빛을 발하는 듯합니다."

돈사하는 차를 한 모금 마시고 말했다.

"때와 장소에 숨은 의미는 뭐라고 생각해?"

피월려는 생각한 바를 털어놓았다.

"파양호는 넓습니다. 어디에 얼음이 가장 먼저 얼지는 수십 년 동안 배를 몰아본 자만 알 것입니다. 하지만 잠우곡 사건으로 인해서 그 정도로 경험이 많은 늙은 사공들은 백도와 흑도 중 누구도 믿지 않게 되었습니다. 그들을 품은 태수만이 정확한 장소를 알 겁니다."

"또?"

"살얼음이란 부분… 아마 그건 무공이 일정 수위 이상이 아니면 무력에 전혀 보탬이 되지 못하게 하기 위함입니다. 살얼음 위에선 적어도 절정 아니면 지마급 이상만이 의미가 있을 터이니, 총력전을 억제하는 효과가 있습니다."

돈사하는 턱수염을 쓸어 넘겼다.

"흐음, 그러고 보니 나도 살얼음 위에서 생사혈전을 해본 적이 없네. 땅을 차지 못하니, 모든 움직임에 내공이 두 배 가까이 들 터이고. 강기를 한번 내뿜었다가는 사방의 얼음이 깨져서 제대로 서 있을 수도 없을 거야. 수상비(水上飛)는 걸음을 걷는 것처럼 자연스럽게 펼칠 줄 알아야겠지. 또 수중에서 싸움이 이어질 수 있어."

"따라서 양쪽에서도 많은 고수들을 동원하기 어려울 겁니다."

"그런데도 양쪽에서 그 제안을 받은 이유는?"

피월려가 차로 입을 축이곤 대답했다.

"저희 측께서는 시록쇠 형주님의 선포가 큰 이유였습니다. 이야기를 들은 시록쇠 형주님께서 재밌겠다며 천살가는 어떠한 종류의 싸움도 마다하지 않는다 큰소리를 치시는 바람에 이런저런 생각을 할 수 없었습니다."

"록쇠가 생각 없이 그런 말을 한 건 아닐 거야. 분명 태수의 마음을 엿보고, 공정한 싸움을 이끌어내려는 그의 마음에 불순물이 없다는 걸 알고 나서 한 말이겠지. 공정한 싸움이라면, 록쇠는 절대로 마다하지 않아. 아니, 그 성정상 마다할 수 없지."

"네. 제 생각도 같습니다."

"그럼 우리 쪽은 자신감인 거고. 그쪽은 왜 받았대?"

"시 형주님의 선포 이후, 창천호검은 한동안 말없이 시 형주님을 바라보다가 이내 알겠다고 짧게 대답했습니다. 아마 창천호검도 이런저런 계산을 하고 말한 것 같지는 않습니다."

"그래? 흠. 의외네. 자기들도 무림인이라 이건가?"

피월려는 고개를 숙이며 말했다.

"심계를 위해서 천살가에 오게 되었는데, 제가 한 일이 없게 된 것 같아 송구합니다."

돈사하는 인자한 미소를 지었다.

"절대 그렇지 않아. 심계의 고수들끼리 붙으면 정작 아무일도 일어나지 않는 법이지."

"⋯⋯."

"네가 없었으면 이미 저쪽 손에 놀아나 패배했을 거야, 그러니 마음 쓰지 말아. 그나저나 자정이라는 그 시각은 어떻게 생각해?"

피월려가 대답했다.

"달빛이 환한 보름달이라고 가정한다 해도, 파양호의 물길을 잘 알지 못하는 한 함부로 배를 몰순 없을 겁니다. 다시말하면 그때 배를 이끌고 파양호 내를 움직일 수 있는 자들도 역시 늙은 사공뿐. 따라서 양측에서 따로 더 지원할 수는 없을 겁니다."

"흐음⋯⋯."

"또한 불빛을 쓰면 위치가 드러나니, 한밤중에서도 잘 보이는 안력(眼力)이 있어야 합니다. 만약 태수가 달빛이 전혀 없는 월삭(月朔)에 일을 진행한다면 이 또한 내공 수위가 절정 혹은 지마 이상만을 강요하는 효과가 날 것입니다."

돈사하는 차를 한 모금 마시곤 툭하니 말했다.

"간단한 문장에 참 많은 의미가 숨어 있어."

"한 가지 의문이 있긴 합니다."

"뭐가?"

"그런 밤이면 기척이 전혀 없으신 가주님에게 너무 유리한 전장이 되지 않겠습니까? 그쪽에서 가주님에 대한 정보가 없는 것도 아니고, 알면서 이를 승낙한 창천호검의 생각이 궁금합니다."

돈사하는 간단하게 대답했다.

"호승심이지 뭐."

"호승심……."

"입신에 올랐다고 믿는다며? 그럼 적어도 내게 그런 유리한 점을 주고도 이겨야 자기가 입신에 올랐다는 방증을 할 수 있지 않겠어?"

"……."

"그걸 아마 고민했을 거야. 남궁세가의 미래를 위해서 이번 싸움을 최대한 유리하게 가져가야 할지, 아니면 자기를 위한 싸움판을 만들지."

"그는 결국 자기를 선택한 것이군요."

"꼭 그렇지도 않아. 그 싸움에 가문이 휘말리지 않을 거라는 보장이 되었으니까 받아들인 거겠지. 또 자신감도 있겠고."

피월러가 말했다.

"그럼 우리 쪽에선 그의 호승심을 이용해야 합니다."

"그러기엔 문제가 있어."

"무슨 문제 말입니까?"

돈사하는 자기의 가슴을 한 번 쓸었다.

"호승심이 있는 사람이 그뿐이 아니라는 문제."

"……"

"태수는 그것까지도 꿰뚫어 본 것이겠지. 만만치 않은 사람이야."

그 호승심이란 것이 어떤 것인지 누구보다도 잘 아는 피월러는 아무런 말도 할 수 없었다.

돈사하가 말을 이었다.

"얼음이 어는 정확한 날짜는 모르지만 적어도 소설(小雪)은 돼야 하지 않을까? 대략 한 달 정도 남았으니, 준비를 해야 하겠지. 살얼음 위에서 생사혈전을 벌이는 게 어떤지는 먼저 경험해 봐야겠어. 그걸 월러는 준비해 줘."

피월려는 고개를 끄덕였다.

쿵!

상을 내려친 남궁구가 갈라진 목소리로 외쳤다.

노쇠한 그의 성대는 그의 화를 다 담아내지 못했기에 바람 빠지는 소리가 연속적으로 흘러나왔다.

"가, 가주! 어찌 그런 결정을 해, 했단 말이오! 그런 제안을 바, 받았으면 이 늙은이와도 상의를 해야 하지 않소! 가, 가주에 눈엔 이제 이 늙은이의 조언이 귀찮은 게요? 가, 주가 날 무시하고 가문의 일에 나와 상의하지 않으면 내 더 이상 살 이유가 없수다!"

남궁구는 이후에도 비쩍 마른 몸을 부들부들 떨며 분노를 토해냈다.

이미 식물의 영역에 도달한 그의 연세로 인해 굳어질 대로 굳어진 남궁구의 마음은 근 십 년 동안 화라는 것을 몰랐는데, 이 순간만큼은 그 세월도 어찌할 수 없었다.

자기 화에 지쳐 말을 거둔 남궁구에게 남궁서가 진중하게 말했다.

"삼 숙부님. 강서성 태수는 합비에 남은 남궁세가의 식솔들을 피신시켜 준 사람입니다. 그가 진정으로 흑백대전을 원치 않다는 건 증명되었으니, 그의 말을 믿어도 좋을 것입니다."

그의 말을 듣자 다시 화가 치민 남궁구가 소리쳤다.

"그러니 가주께서 셈에 어두운 것이오! 모르겠소? 남궁세가의 전력 오 할 이상이 바로 가주이오. 행여나 입신에 든 가주께서……."

"아직 확실하지 않습니다."

"무엇이 확실하지 않다는 게요? 외공으론 제왕검형(帝王劍形)을, 내공으론 창궁대연신공(蒼穹大衍神功)를 완성하셨수다! 입신에 들어 남궁세가의 씨앗이 되신 시조와 같은 무위에 오른 가주가 입신이 아니라는 게요?"

"생사혈전을 통해 검증되지 않았습니다."

"하, 가주……."

남궁서는 남궁구 외에는 절대로 드러내지 않을 그의 본심을 솔직히 꺼냈다.

"수많은 자들이 스스로를 입신의 경지에 이르렀다 합니다. 하지만 입신의 경지라는 것이 무엇인지 어찌 확인한단 말입니까?"

"가주는 환골탈태(換骨奪胎)를 이루지 않았소? 뼈와 살의 위치가 뒤바뀌는 그 놀라운 광경을 이 늙은이가 직접 보았수다."

"그렇다고 입신이라 할 수 있겠습니까? 각자의 생각이 다르고 각자의 의미가 다릅니다. 환골탈태를 이루어야 입신입니까? 반로환동(返老還童)을 이루어야 입신입니까? 아니면 금강불괴(金剛不壞)를 이뤄야 입신입니까? 그도 아니면 반박귀진(返樸歸眞)을 이루어야 입신입니까? 그렇게 겉으로 드러나는 현상을 보고 사람들이 입신이다, 입신이다 말하지만, 그것은 그저 빈말뿐입니다."

"가주는 가문에서 구입한 각종 영약이나 어른들의 격체전공을 하나도 받지 못하고도 환갑이 넘는 세월 동안 쉬지 않고 무공을 연마했수다. 그토록 자신을 몰아붙이고 수련에 수련을 거듭한 가주께선 아직도 자기 의심이 드는 게요?"

남궁서는 입술을 물었다.

그로선 절대로 꺼내고 싶지 않은 말을 고백하려 했기 때문이다.

그건 무인으로서, 그리고 검객으로서 어찌 보면 가장 부끄러운 것이었다.

"우물 안의 개구리일 뿐입니다. 아직 전 사람을 죽인 적이 없습니다."

쿵.

남궁서의 말에 남궁구는 가슴을 내려쳤다.

그러나 답답한 가슴은 뚫릴 생각을 하지 않았다.

"겸손도 지나치면 독인 게요, 가주! 그야 죽일 필요도 없을 만큼 항상 앞서 나갔기 때문이 아니오! 또한 남궁의 무학은 사람을 죽이기 위해 있는 것이 아니라 하늘을 좇기 위해 있는 무학이오! 그뿐이거늘 어찌 사람을 죽인 적이 없다고 자기 의심이 든단 게요?"

"……."

"아니, 애초에 가주께서 사람을 죽였다면 정공으로 그 지고한 경지에 이르렀을 수 있겠소? 화산의 검객들도 사람을 죽이지 않수다. 소림은 살인을 넘어서 살생을 금지하지. 무당은 어떠하오? 살계를 연 도인들의 최후는 말하지 않아도 알 것이오. 왜 그걸 모르시는 게요? 사람을 죽이지 않은 그 순수함이 가주를 입신으로 이끈 것이오. 왜 그건 생각하지 않으시고, 자꾸 자신의 무의를 의심하시는 게요? 오히려 그런 순수함을 가지고 있으시기에 천살성의 살기에 반응하지 않고, 흔들림 없이 검술을 펼치실 수 있을 것이오."

"……."

"스스로 실전에 약하다 생각지 마시오, 가주. 정공의 검술이란 본래 그런 것이오. 상황과 환경에 조금도 영향을 받지 말고 원래 수련한 그대로를 뿜어내는 것이 정공의 무의란 말이오. 나무토막을 상대로 나무 검을 휘두르던 어린 날의 가주과 같은 동심을 유지하지 못한다면, 입신이고 뭐고 없소.

오히려 그 순수함이 가주를 승리로 이끌 것임을 이 늙은이가 장담하겠수다."

"……."

"수백 년간 백도를 군림했던 소림이 불타고 무당이 무너졌소. 그뿐인 게요? 태원이가도 봉문당했고, 사천당문도 천마신교에 넘어갔수다. 흑도는 어떻소? 전대교주인 혈수마제와 장로 중 일인자였던 철부황안이 죽었고, 낙양지부와 개봉지부가 무너졌수다. 이젠 방어하기에 급급한 상황에 처한 마교의 현 교주는 시화마제 진설린! 황룡무가의 여식이란 말이오! 마교를 지탱하는 절대법칙이 역으로 작용하여 그들의 단결력을 좀먹고 있수다. 이처럼 혼란스러운 때가 언제 있었느냐 말이오!"

"……."

"지금이야말로 격동의 시기! 남궁세가가 천하제일가로 도약하는 절호의 기회이오! 그런 이 상황에 입신의 고수가 남궁세가에 있다? 이건 하늘도 남궁세가를 돕는 것이오. 지금 마음을 다잡지 못하면 절대로 아니 되오, 가주!"

남궁구의 말을 들으며 남궁서의 눈빛이 점차 더 낮게 가라앉았고, 곧 그의 눈빛에 남아 있던 의심이 서서히 사라지기 시작했다.

그리고 그의 마음이 평정심을 되찾음과 동시에, 그의 얼굴

빛도 서서히 밝아지기 시작했다.

남궁서가 말했다.

"폐관수련에 들어야겠습니다. 마음을 가다듬고 천살가를
상대해야 할 것입니다."

그 비장한 말에 남궁구는 기쁜 마음이 들었지만, 냉철하게
가문의 이익을 생각했다.

"아, 가주께서 그리 마음먹은 이유는 잘 알겠지만 그보다
는 아이들을 지도하시는 것이 좋을 것이오. 앞으로의 싸움에
서 그들을 보다 잘 단련시키는 것이……."

남궁서가 남궁구의 말을 잘랐다.

"아이들은 싸우지 않을 겁니다."

남궁구의 표정이 황당함으로 물들었다.

"그것이 무슨 뜻이오, 가주?"

"홀로 가겠습니다."

남궁구의 얼굴이 다시금 일그러졌다.

"가주! 아까는 너무 겸손하더니 이젠 또 너무 광오하시오!
어찌 천살가를 홀로 다 상대하신단 게요?"

"천살가를 홀로 상대하는 것이 아닙니다. 오직 천살가의
가주인 음양살마(陰陽殺魔)만을 상대하게 될 겁니다."

남궁구가 눈살을 찌푸리며 말했다.

"아니, 천살가에서 음양살마만 보낸다는 보장이 어디에

있소?"

남궁서는 작은 미소를 지었다.

"분명 그럴 겁니다."

"가, 가주?"

확신에 찬 남궁서의 표정을 본 남궁구는 의문 어린 시선을 거두지 못했으나, 그의 표정엔 확신 이상의 것이 서려 있어 더 물어볼 수조차 없게 만들었다.

*　　　*　　　*

벌컥.

문이 열리고 흑설이 소리쳤다.

"나만 두고 다 내뺐다가 돌아왔으면, 먼저 나한테 얼굴이라도 내비치는 게 예의 아니에요? 속물들!"

어쩌다 보니, 밤늦게까지 무학을 나누던 피월려와 돈사하는 문가에 갑작스레 나타난 흑설을 보곤 대화를 멈췄다.

돈사하가 먼저 말했다.

"음한지동 밖에 있으면 공력을 상실할 거야. 돌아가라."

본부였다면 즉시 포권을 취하고 존명을 외쳐야겠지만, 흑설은 보란 듯이 팔짱을 끼곤 투정 부렸다.

"그런 것쯤은 나도 알아요! 그래도 밤이라 어느 정도는 괜찮으니까 나온 거라고요. 그리고 낭군님은 뭐 할 말 없어요?"

"글쎄."

"스승님에게 떠나라고 했다면서요? 그 이상한 여자 시체들고. 남의 스승을 하루아침에 없애 버리곤 사과 한마디 없어요?"

"……."

피월려가 침묵하자, 돈사하가 슬쩍 미소를 지으며 장난스럽게 말했다.

"철가(撤家)의 본의미가 그런 것일 줄이야 꿈에도 몰랐는걸? 천살가 전체가 월려의 손에 놀아난 건가?"

피월려는 즉시 변명했다.

"그것이 목적이 아니었습니다. 그저 부차적인 것으로……."

돈사하가 말을 잘랐다.

"뭐, 알았어. 그건 그렇다 치고, 이미 시체가 된 걸 왜 빼냈을까? 그게 더 궁금한걸."

"……."

"쯧쯧쯧. 뭐 말할 생각 없으면 말하지 마. 딱히 궁금하지도 않고, 하여간 흑설은 월려한테 볼일이 있는 거야?"

흑설이 고개를 끄덕였다.

"네. 아주 피떡으로 만들어놓겠어요."

돈사하는 소리 없이 웃음을 터뜨리더니, 곧 피월려를 돌아보며 말했다.

"성난 아내를 달래주는 것만큼 힘든 일은 없다지? 수고해."

"하지만 대화가 아직 끝나지 않았습니다."

"무학에 관한 건 어차피 거의 다 나누었잖아. 이젠 창천호 검과의 일전을 위해서 심신을 다지며 그간 나눈 무학을 소화해야겠어. 다른 아이들이 물어보면 수련하러 떠났다고 대답해 줘. 어딘지는 말하지 말고."

피월려는 포권을 취했다.

"존명."

돈사하는 고개를 양옆으로 살짝 흔들었다.

"가족끼리 무슨."

그는 곧 눈을 감았고, 운기행공에 들어갔다.

그러자 그의 몸이 서서히 떠오르더니, 방바닥으로부터 이 척 정도 떨어진 공중에서 부양하기 시작했다.

엄청난 공력의 운용이지만, 눈만 감으면 어떠한 것도 느껴지지 않을 정도로 고요했다.

"우와, 신기하다."

흑설의 감탄사에 피월려는 상황을 대충 예상하곤 조용히 그 방을 나왔다.

그러자 흑설이 그의 팔에 매달렸다.

"나, 보고 싶은 게 있어요."

"이 밤에?"

"처음 들어왔을 때, 상록거수가 너무 예뻤던 기억이 나는 걸요. 상록거수를 에워싼 반딧불이 어찌나 밝던지 밤하늘을 보는 것 같았어요."

"지금 때엔 없을 텐데."

"흥, 일단 가기나 하자고요."

흑설은 묘하게 들뜬 것 같았다.

그녀는 피월려의 팔을 부여잡고는 앞장섰는데, 뛰는 것처럼 한 발, 한 발을 옮기다 보니, 피월려의 팔도 덩달아 위아래로 흔들리고 있었다.

피월려가 말했다.

"왜 이리 신이 났어?"

"왜 신이 안 나겠어요? 죽을 자리에서 돌아온 낭군님이 있는데."

"……."

이후 자초지종을 모르는 흑설은 현 상황을 물어보았고, 피월려는 그가 아는 한에서 자세히 설명했다.

동굴에만 갇혀 지내다 보니 꽤 많은 것을 몰랐기 때문에 상록거수에 도착할 때까지 설명을 했지만, 채 반도 하지 못했다.

"와, 예뻐. 반딧불이 없어도 예쁘긴 하네요."

흑설은 상록거수 앞에 다가가 그 줄기에 손을 뻗어 조심스레 매만졌다.

아직 주령모귀마공을 대성하지 못해 흑설의 육신은 한기가 가득했는데, 때문에 그녀는 상록거수의 줄기에서 오히려 온기를 느꼈다.

피월려가 말했다.

"나도 볼 수 있었으면 좋았을 걸."

흑설은 대수롭지 않게 대답했다.

"곧 환골탈태하고 보면 되죠. 하는 김에 반로환동도 해요. 아무래도 늙은 건 좀 그래."

"……"

"아 참, 선물이 있어요. 이거 다시 찾느라고 얼마나 힘들었는지 몰라."

흑설은 품속에서 작은 비도 하나를 꺼냈다.

그것은 예화의 은장도였다.

피월려는 그것을 받아 드는 순간 그것이 무엇인지 단번에 알 수 있었다.

"호수 바닥에서 찾은 것이니?"

"네. 예화 언니가 가장 아름다웠다면서요. 그래서 다시 찾았어요. 예화 언니를 잊지 않기 위해서."

"그런데 왜 내게 주는 건데?"

"지금은 주령모귀마공을 익혀야 하니까요. 예화 언니를 따라잡는 건 그 마공을 대성하고 할 거예요. 그니까 내가 마공을 다 익히면 그 은장도로 쓸 수 있는 외공이나 하나 잘 알아봐 줘요."

피월려는 흑설이 하는 말을 정확히 이해할 순 없었지만, 예화를 떠올리는 것이 주령모귀마공을 익히는 데 좋지 않다는 건 알 것 같았다.

주령모귀마공은 색공인 것과 동시에 처녀공이니, 어머니와 같은 느낌이 드는 예화를 떠올리면 분명 그 성취에 방해가 될 것이다.

피월려는 은장도를 품에 넣으며 말했다.

"그래, 잊지 않으마."

"이제 슬슬 동굴로 돌아가야 할 것 같은데. 한 식경은 밖에 나와 있었으니, 적어도 보름치의 공력을 잃어버린 것 같아요."

"그렇게나 빨리?"

"완성되기 전까지는 순환 고리가 끊겨 있는 거라… 뭐, 설명해도 잘 모를 거예요. 히히힛. 이젠 돌아가야겠어요. 낭군님의 생사 확인만 하면 됐죠 뭐."

피월려는 손을 살짝 뻗었다.

그러자 놀랍게도 그 손이 흑설의 머리 위에 정확히 안착했다.

차가운 머릿결을 몇 번이고 쓸어준 피월려가 말했다.

"장하다."

"……"

마음이 콩닥거린다.

피월려는 부드럽게 말했다.

"부탁이 있다. 나도 동굴에 데려다줄 수 있니?"

흑설은 가슴에 양손을 대곤 억지로 진정시키면서 고개를 푹 숙였다.

"왜, 왜요? 동굴까지 가서 뭐 하게요? 차, 참고로 주령모귀 마공은 처녀공이에요. 아, 알죠?"

"……"

"왜, 왜 그러는데요?"

피월려는 작은 미소를 짓고는 말했다.

"가주님을 위해서 알아볼 게 있어."

그 말을 들은 흑설의 표정이 살짝 어두워졌다.

"아, 뭐야. 괜히 기대했네."

"……"

흑설의 얼굴 위에 떠오른 실망스러운 표정은 좀처럼 가시지 않았다.

*　　　　*　　　　*

　보름이 조금 넘게 지났다.

　갑작스러운 겨울의 한파는 모든 이의 예상을 뛰어넘었다.
강서성은 중원에서 봤을 때 조금 남단에 위치해 있어, 어느
겨울에는 눈 한 번 쌓이지 않고 지나갈 때도 있었다.

　하지만 이번 겨울에는 강추위가 몰아닥쳐, 입동(立冬) 전에
첫눈이 내렸다. 이는 유례를 거의 찾을 수 없는 일이었다.

　피월려는 흑설의 도움을 받아 음한지동 안으로 내려갔다.

　지상에서 지하로 차원을 넘나든 듯한 광경을 지나, 지하태
호(地下太湖)에 도착했다.

　쿠구궁!

　한쪽 면에서 석순이 잘려 나가며 큰 소리를 내었다.

　살포시 얼은 호수 면 위를 부유하며 검지와 중지를 교차한
채 이리저리 팔을 뻗는 돈사하의 모습은 마치 신선의 그것과
도 비슷했다.

　그가 한 번 팔을 교차할 때마다 수십 장이나 떨어진 석순
이 잘렸고, 종유석이 동강 났다.

　그리고 떨어지는 그 조각을 향해 다시 손가락으로 춤을 추

자 그 조각이 두 개, 네 개, 여덟 개로 점차 늘어나기 시작했다.

그것이 호수 면에 닿았을 땐 눈으로 셀 수 없을 만큼 많은 조각이 되어 있었다.

쩌— 억. 쩍.

떨어지는 돌 부스러기를 못 이기고 호수 면의 살얼음이 깨어지기 시작했다.

돈사하는 부유하는 듯한 보법을 펼쳐 피월려와 혹설이 있는 곳으로 다가와서 섰다.

내력을 갈무리한 그가 물었다.

"설이 왔니? 한데 월려도 함께 왔네?"

피월려는 돈사하에게 물었다.

"시간이 정해졌습니다. 세 시진 뒤에 남창으로 가셔야 합니다."

돈사하는 고개를 갸웃했다.

"벌써? 동굴에만 있었더니 시간 감각이 무뎌졌나? 벌써 소설이 됐어?"

"소설까지는 육 일 정도 남았습니다."

"그런데 벌써 파양호가 얼었다고?"

"강서성에 유례 없는 강추위라고 들었습니다."

돈사하는 수염을 쓸어내렸다.

"흠. 태수가 마음을 놓았겠네. 일이 예상치 못할 정도로 빠르게 진행되었으니, 누구도 장난질하긴 어렵겠지."

피월려는 그간 그가 조사했던 걸 보고했다.

"위치는 호수 깊이가 그리 깊지 않은 곳으로 추측하고 있습니다만, 아무래도 정보가 너무 부족합니다. 강서성에서 태어나고 자란 토박이들도 파양호의 어느 부분이 어는지까지는 잘 모르는 듯합니다. 뭍에서 보낸 시간보다 강에서 보낸 시간이 많은 노사공들이 아니고서야 위치를 파악하는 건 불가능합니다."

"하긴. 누가 그런 정보까지 신경 써서 기억하고 기록하겠어. 충분히 알아봤으면 그것으로 됐어. 월려가 못 해낸 일이니 저쪽에서도 못 했을 거야. 공정한 싸움으로 간다는 확신을 갖게 된 것만으로도 커."

피월려는 그래도 상황을 유리하게 가져가고자 지금까지 많은 것을 알아보았다.

하지만 어떠한 수단을 동원해도 도저히 때와 장소를 알아낼 수 없었다.

때와 장소를 알 수 없으면 어떠한 조치도 취할 수 없으니, 결국 황만치의 의도대로 정면 승부로 싸움이 흘러갈 수밖에 없다.

피월려가 물었다.

"사용하시는 병기가 어떤 것입니까?"

"응? 갑자기 왜?"

"싸움이 흘러가는 방향이라도 파악해 두고 싶습니다."

돈사하는 잠시 뜸을 들였다가 이내 말했다.

"망(網)과 사(絲)의 중간이라 편의상 망사(網絲)라고 불러. 내 독문무기지. 눈에 보이지도 않으면서 서서히 상대를 옥죄는 놈이야. 어부가 물고기를 그물로 낚듯이… 그런 방법으로 적을 포위하여 절대 피할 수 없는 일격필살의 수법을 써. 그만큼 펼치는 데 오래 걸리지만, 발동되면 적은 죽을 수밖에 없지."

피월려가 물었다.

"물속에서는 어떻습니까?"

"그 부분을 집중해서 수련했지. 남궁서가 수공(水功)을 준비한다면 모르지만, 준비하지 않았다면 꽤나 애먹을걸? 그나저나 밥을 챙겨왔으면 밥이나 먹자."

흑설은 등에 지고 온 보따리를 바닥에 풀면서 말했다.

"전 됐어요. 다시 수련하실 거면, 제가 가서 수면이나 얼리죠."

"그래, 부탁할게. 마지막이 될 거야."

돈사하는 피월려와 함께 한쪽에 앉았고, 흑설은 호수 안으로 잠수하여 헤엄쳐 중앙으로 갔다.

그리고 그녀는 주령모귀마공의 음기를 운용하면서 서서히 전신으로 한기를 내뿜었다.

　그러자 그녀를 중심으로 서서히 호수 면이 얼기 시작했다. 소름이 돋는 것 같으면서도 어쩐지 시원한 그 소리를 들으며 피월려가 말했다.

　"흑설의 마공이 이렇게 도움이 될 줄은 몰랐습니다."

　"저런 성취를 가진 흑설도 대단하지만 이 방법을 찾은 월려가 더 대단해. 덕분에 내가 살 확률이 많이 늘었어. 밥 먹어."

　"아닙니다."

　돈사하는 주먹밥을 피월려의 손에 쥐여주었다.

　말없이 식사를 이어나가던 중간에 돈사하가 말을 다시 꺼냈다.

　"마음이 어지럽네. 무슨 일이야? 너처럼 마음이 평온한 천살성이 어디 있다고."

　피월려는 씹던 음식을 삼키곤 말했다.

　"일전을 앞둔 가주님의 마음을 흐리고 싶지 않습니다."

　"궁금한 채로 있는 게 더 싱숭생숭해. 그냥 말해."

　피월려는 심호흡을 한 번 하고는 말했다.

　"본부에서 연락이 왔습니다. 그쪽에선 이미 판도가 뒤집혔나 봅니다. 이미 본부의 마인들이 출타하여 귀환하는 무림맹의 잔당을 뒤쫓고 있는 추세입니다."

"그래? 의외군. 아무리 박 장로라고 하지만 꽤 고전할 줄 알았는데? 무림맹의 제일군(第一軍)을 어떻게 무찔렀기에 그런 일방적인 결과가 나왔지?"

"미내로라는 분을 아십니까?"

"귀목선자(鬼目仙子)를 모를 리가 없지. 그분께서 왜?"

피월려는 뜸을 들이다가 이내 말했다.

"믿기실지 모르겠습니다만… 본부 앞에서 무림맹의 무사들이 대립할 당시, 그분께서 앞장서 지팡이를 높게 들고 팔을 한 번 휘저으니……."

"휘저으니?"

"각각의 무림맹 무사들을 지휘하던 초절정고수들 수십 명이 모두 개구리로 변했다고 합니다. 개중에는 내공이 깊은 장문인들과 장로들까지도 포함되어 있었다 합니다."

"……."

"믿기지 않아 다시 알아본 바, 마조대의 서찰에도 똑같은 말이 쓰여 있었습니다. 진실인지 아니면 무슨 비유인진 모르겠습니다."

"흐음……."

"이후 우왕좌왕하는 무림맹의 무사들을 본 교의 마인들이 도륙했다 합니다. 그 뒤에 일어난 일에 관한 정확한 보고는 없었습니다만, 본 교에 있는 마인 전원이 출타하여 무림맹의 잔당을 뒤쫓고 있는 건 사실인 것 같습니다."

"술법에 당한 게로군. 그쪽도 그에 관한 방어책은 없었던 것인가? 능수지통과 제갈세가를 잃은 것이 커."

피월려는 조심스럽게 물었다.

"설마, 그 말을 그대로 믿으시는 겁니까?"

"소림파를 멸문할 때 귀목선자의 술법을 옆에서 직접 봤다 들었는데, 아니야?"

".........."

돈사하는 주먹밥 하나를 더 꺼내 먹으며 말했다.

"술법이란 건, 조건과 준비 기간이 충족되면 못하는 일이 없어. 무공으론 상상도 하지 못하는 일들을 해내지. 그 정도로 좌도에 도가 트인 분이니 애초에 이계에서 넘어온 것이고. 좌도란 그런 거 아니겠어? 사람은 초절정의 검강에도 죽지만 독 한 방울에도 죽으니까."

"하지만……."

"간단히 생각해서 무공으로 치면 입신이라 보면 돼. 입신의 고수가 방심하지만 않으면 초절정을 죽이는 건 쉬우니까. 근데 의외긴 하네. 중원의 일엔 관심이 없는 줄 알았는데, 꽤 적극적이야. 박 장로와 거래를 했나?"

".........."

피월려는 머리를 스치는 기억에 잠시 말을 하지 못했다.

은허(殷墟)에서 용조와 함께 이계인과 싸웠던 그 기억이었다.

눈빛으로 검기와 검강을 소멸시키고, 말 한마디로 자연을 다스리며, 손짓 하나로 생명을 앗아가는 그 절대적인 힘.

그것이… 입신의 그것이 아니라면 무엇이란 말인가?

잠시 멍한 표정을 한 피월려를 보며 돈사하가 물었다.

"그것만으로 월려의 마음이 그토록 어지럽진 않을 텐데?"

피월려는 상념을 뒤로하고 생각해 둔 염려를 말했다.

"본부에서 여유를 되찾았으니, 아마 제 소환 명을 무시한 천살가에 책임을 물으려 할 겁니다. 천살가는 앞으로 본부와도 싸워야 합니다."

"그건 걱정할 거 없어. 어차피 다 계획 안에 있는 일이니까."

"예? 무슨 계획 말씀이십니까?"

돈사하는 방긋 웃고는 대답했다.

"이따가 들어. 다 같이 있을 때."

마지막 수련을 끝낸 뒤, 돈사하는 피월려와 함께 음한지동에서 나와 상록거수로 향했다.

흑설은 계속 그곳에 남아 수련하겠다며 나오지 않았다.

이미 상록거수에 모여 있던 천살성들을 본 돈사하는 중앙에 서서 마지막으로 유언 아닌 유언을 남겼다.

"혼자 갈 거야. 그러니 다들 괜히 들뜨지 마라."

시록쇠가 그 소리를 듣자마자 불만을 토로했다.

"형님. 말도 안 되는 소리는 하지를 마시오! 날 안 데려갈 참이오? 내 이 도를 휘두른 지가 얼마나 오래됐는지 기억도 안 난단 말이오."

악누는 좀 더 현실적인 부분을 지적했다.

"아무리 형님이라지만, 홀로 남궁세가를 상대하려는 건 불속에 뛰어드는 짓이야. 나는 지금까지 형님의 결정에 단 한 번도 반대한 적이 없었지만, 이번만큼은 절대 동의할 수 없어."

그들을 계기로 천살성들은 하나같이 반대의 목소리를 높였다.

하지만 돈사하의 결정을 바꾸지 못했다.

그가 말했다.

"남궁세가에서도 창천호검이 홀로 나올 거야. 장담해. 만약 그가 홀로 나오지 않는다면 내가 체면을 무릅쓰고 이번 싸움에서 도주하지. 내가 작정하고 도망가면 아무도 못 쫓는 건 다들 잘 알잖아?"

"……"

"정말이야. 약속하지. 창천호검 외에 다른 인물이 싸움

에 동참한다? 그러면 절대로 싸우지 않고 즉시 도주할게. 약
속."

소지(小指)를 앞으로 뻗는 그를 보며 천살성들의 표정이 의
문으로 가득해졌다. 그러자 돈사하가 껄껄 웃으며 손가락을
접었다.

"아, 중원에선 욕이지, 아마? 미안. 하여간 그리 결정되었으
니 그렇게 알아. 난 약속을 어긴 적이 없으니까."

악누가 잠시 생각하다 말했다.

"그야 형님은 지금까지 약속을 한 적이 없잖아?"

"걱정 말라니까. 장담하는데 앞으로 피 터지게 싸울 날이
많을 거야. 당장 오늘부터. 왜냐면 이번 싸움이 끝나면 천살
가는 탈교(脫敎)할 거거든."

"……."

순간 적막에 휩싸였다.

탈교라니?

대천마신교에서 탈교라니?

탈교란 있을 수 없었다.

오로지 배신으로 간주되어 척살령이 내려질 뿐이다.

천살성들은 아무런 말을 하지 않고 돈사하를 바라보았다.

본부에 대한 계획이 이것인가? 피월려도 입을 다물지 못했
다.

그런 그들을 처음과 전혀 달라진 것이 없는 눈빛으로 지그시 내려다본 돈사하가 무덤덤하게 말했다.

"혈교주는 탄생한다. 앞으로 천살가는 혈교주를 따라 마교와 다른 혈교를 세운다. 이에 반대하는 가족이 있다면 가문을 배신한 것이니 쳐 죽여. 내가 여기에 돌아올 때쯤에는 진정한 가족들만 선별되어 남아 있었으면 좋겠어."

"……."

"그럼 끝. 이상이야. 나는 월려랑 가볼 테니, 웬만하면 다들 모인 이 자리에서 선별을 끝내. 막 서로 흩어지고 그러면 귀찮으니까."

돈사하는 방긋 한 번 웃고는 아무렇지도 않게 피월려를 등 뒤에 업었다. 돈사하가 경공을 펼치려 하는 그 순간까지 모두 어안이 벙벙한 그대로 그를 지켜볼 수밖에 없었다.

그때 한쪽에서 비명이 터졌다.

"크악!"

흠진이 휘두른 철편의 끝은 흑룡대원인 유화립의 심장을 뚫고 나와 뱀의 머리처럼 사방을 돌아봤다.

당황한 시선으로 그를 보는 천살성들을 향해 흠진이 어깨를 들썩이며 말했다.

"솔직히 이놈한텐 가문보다 천마신교가 먼저였지. 알잖아들? 가장 마음이 요동쳤다고."

"……."

"……."

갑자기 모든 천살성들의 몸에서 가공할 살기가 뿜어졌다. 동시에 각종 병장기가 튀어나와 손에 잡혔다.

하지만 정작 이 사태를 만든 돈사하는 전혀 감흥이 없는지, 미련 없이 경공을 펼쳐 상록거수에서 멀어졌다.

그의 등 뒤에 업힌 피월려의 귀로 병장기가 부딪치는 소리와 생을 마감하는 단말마의 비명이 연속적으로 들려왔으나, 거리가 멀어지며 점차 희미해졌다.

얼마나 시간이 지났을까? 돈사하의 속도가 느려지고 바람 소리가 잦아들자 피월려는 묻지 않을 수 없었다.

"대체 무슨 일을 벌이신 겁니까?"

돈사하는 대수롭지 않다는 듯 대답했다.

"가족 중에는 가문보다 본 교에 충성하는 자들이 있어. 탈교하기 위해선 그런 놈들을 품을 수는 없으니까 선별한 거지."

저녁 식사에 대해서 말하는 것만큼이나 평온한 목소리였다.

피월려는 말을 더듬으며 물었다.

"가, 가족을 해할 수 없는 금제는 어떻게 된 겁니까?"

돈사하가 설명했다.

"결국 믿음의 차이야. 천마신교에 남느냐 아니면 탈교하느냐, 누가 진정한 교주이며, 무엇이 가족을 위하는 것인가에 대한 스스로의 믿음. 이로 인해 두 파로 갈리고 서로가 배신자가 되겠지. 기시혼을 관찰하며 금제에 대해서 공부했기에 가능했던 선포야. 그에게 감사하자고."

"……."

"솔직히 가족이 많이 필요 없거든. 새 가문을 시작하기 위해선 불순물은 쳐내고 순수하게 시작해야 해. 혈교주가 실존하게 된 이상 천살가의 오랜 염원을 이룰 때가 됐지. 전처럼 어설프게 금제를 비껴갈 필요가 없어."

혈교주가 실존하게 된 이상이라니.

혈교주는 가상의 교주가 아니었던가?

피월려는 묻지 않을 수 없었다.

"누굽니까, 그 혈교주가?"

"월려."

"예?"

"너야, 너."

"……."

돈사하는 희미한 미소를 얼굴에 띠었다.

"어차피 이번 싸움에서 내가 죽으면 실현되지 못할 것이야. 그러니 궁금증이 있더라도 참아. 내가 살아남으면 전부 말해

줄게."

돈사하는 그 뒤로 한마디도 하지 않았다.

피월려는 조용히, 깊은 내면에서 고민에 고민을 거듭했다.

어느새 그들은 남창의 선착장에 도착했다.

그곳에는 황만치가 친히 그들을 기다리고 있었다.

그는 의심의 눈초리로 돈사하와 피월려를 보곤 말했다.

"오랜만이오, 가주. 천살가에선 딱 둘만 내보내는 것이오?"

"아니, 나 혼자야. 만치도 오랜만이네. 건강해?"

황만치는 바로 의심을 거두었다. 돈사하 특유의 말투를 듣곤 더 확인할 것도 없다는 걸 느꼈기 때문이다. 사실 오랜만이라 까먹고 있었는데, 그 말투를 직접 들으니 전의 황당했던 기억들이 새록새록 피어났다.

황만치가 말했다.

"가주와 천살가 덕분에 평온한 나날을 보내고 있소. 그런데 진심으로 가주 홀로 가실 생각이오?"

"왜 그래? 만치가 다 유도한 거면서. 그래서 배도 하나만 딸랑 준비했을 거잖아. 남궁 쪽에서도 창천호검만 올걸? 안 그래?"

"……."

침묵하는 황만치를 두고 돈사하는 밤하늘을 올려다보았다.

밝은 보름달이 그를 환하게 비추고 있었다.

그가 말했다.

"양패구상을 당해 합의를 보는 것이 만치가 원하는 그림이지 아마? 그러면 보름달 정도의 밝기가 이번 싸움에서 가장 공정하다고 판단한 것이네? 또 그렇다는 뜻은 창천호검이 완전한 입신은 아니겠지? 입신이라면 내가 월삭의 어둠을 품었을지라도 힘들 테니."

황만치는 솔직히 인정했다.

"감히 부정하지 못하겠소."

"흠, 창천호검의 자신감이 하늘을 찌른다고 들었는데. 그게 아닌가? 그러면 애초에 남궁세가에서 천살가에 그토록 무모할 정도로 돌격한 이유가 뭘까?"

지금와선 답을 말해줘도 변하는 것이 없다.

황만치는 친절히 대답해 주었다.

"남궁가를 실질적으로 운용하는 사람은 남궁구 장로이오. 그는 천살가에 큰 앙심을 품고 있지. 그가 가주를 부추겼을 것이오."

"아, 들어본 일이 있어. 뱀처럼 지혜롭다 들었는데 그런 어처구니없는 짓을 했다고?"

"스스로도 자기가 그런 줄 모르는 것 같긴 했소. 아마, 평생 해결할 수 없다 믿고 묻어버린 원한이 혹시나 하는 가능성을 먹고 자라난 것일 것이오. 마음 밭에 깊이 박혀 있는 원한인 만큼 한 번의 꿈틀거림이 그 마음과 정신을 송두리째 흔들었겠지. 자기 자신은 가문을 위한 길이라 생각하겠지만."

남궁구를 향한 황만치의 냉혹한 평가에 돈사하가 눈을 감고 심호흡을 한 뒤 중얼거렸다.

"그렇군. 사람이라는 게 참 별거 없어. 마지막으로 좋은 정보를 알았어. 창천호검이 입신이 아니라니. 더 재밌겠네. 배를 준비해. 더 이상 만치의 시간을 뺏을 순 없지."

황만치가 포권을 취했다.

"가주께 무운을 비오. 조금만 힘을 주어도 깨지는 살얼음이다 보니 조심해야 할 것이오."

"아슬아슬한 살얼음판을 걷는 사람이 나와 창천호검뿐인가? 만치도 마찬가지잖아. 무운은 스스로에게 빌어. 필요할 터니."

"껄껄껄."

황만치는 웃음으로 대답을 대신했다.

그가 손을 들어 신호하자 한쪽에서 작은 배가 나타났다. 그 배를 몰던 늙은 사공은 이상하게도 눈을 감고 있었는데, 앞이 보이지 않는 것 같았다.

훌쩍 뛰어서 배에 탑승한 돈사하에게 피월려가 물었다.

"앞으로 있을 일에 대해서 제가 알아야 할 것이 있습니까? 송구하지만, 가주님께서 돌아가셨을 때의 상황을 대비해야 합니다."

정확히 말하면 탈교에 대해서 묻고 싶었지만, 황만치가 앞에 있어 그렇게 말할 수는 없었다.

다행히 그 속마음을 꿰뚫어 본 돈사하가 부드러운 목소리로 말했다.

"네 안부를 묻더라. 검기에 마음을 넣는 건 이해했냐고. 내가 그래서 심검은 쓴다고 대답해 주니 자기 일인 것처럼 좋아했어."

"……."

순간 그 말을 이해하지 못한 피월려의 얼굴에 의문이 떠오르고 난 직후, 두 눈이 열리며 휑한 그 속을 보였다. 그 정도로 피월려가 경악한 것이다.

그 이유는 바로 과거 그 대화를 나눈 사람이 머릿속에 떠올랐기 때문이다.

입은 열었지만 말을 꺼내지 못하는 피월려를 보며 돈사하가 말했다.

"그러니, 난 걱정하지 마. 네가 본 가에 도착하면 선별이 대강 끝났을 거야. 유혈 사태로 인해 살성에 젖어 든 가족들을 부탁해. 네 살기라면 분명 가족들의 살성을 짓누를 수 있을

거야. 그렇게 모두 안정을 되찾으면 천후의 인도를 따라. 그
럼, 이만."

그 말을 마지막으로 남긴 채 돈사하는 점차 선착장에서 멀
어졌다.

피월려도 황만치도 보이지 않게 되었을 즈음, 돈사하가 처
음으로 노사공에게 물었다.

"이름은?"

"......"

"마지막일 수 있는데 말동무도 안 해주나?"

"......"

"명을 받았군. 뭐, 좋아. 아주 철저하기 그지없어."

노사공은 묵묵히 뱃길을 따라 배를 움직였다.

얼마나 시간이 흘렀을까?

노사공이 몇 번 노를 휘젓자 놀랍게도 그 물 위에서 배가
정박했다.

아래로는 끊임없이 물이 흐르는데, 배는 도통 움직일 생각
을 하지 않았다.

"내리십시오."

노사공의 말투는 걸걸했다. 며칠이고 말을 하지 않는 것이
분명했다.

돈사하는 재밌다는 듯 호수 위로 발을 내디뎠다.

그러자 그의 발에 닿은 살얼음이 쫙 하고 갈라지며 달빛 아래 그 모습을 보였다.

물이 흐르는 것처럼 보이는 것은 사실 살얼음 바로 아래에서 흐르고 있던 것이었다.

"정말 얇아."

돈사하는 발끝에 내력을 운용하여 얼음을 밟았다. 그리고 그 사방을 둘러보니, 한쪽에서 강렬하게 뿜어지는 투기를 느낄 수 있었다.

창천호검 남궁서.

살얼음 위에서 가부좌를 튼 채 그를 노려보고 있는 남궁서의 눈매에는 세상을 집어삼킬 듯한 패기가 가득했다.

돈사하가 배에서 내린 것을 느낀 노사공은 다시 노를 저었다.

그러자 그 배는 얼음 위를 미끄러지듯 점차 돈사하에게서 멀어졌다.

돈사하는 양손을 앞으로 뻗어 그의 망사를 공중에 풀기 시작했다.

남궁서는 자리에서 일어나 검집에서 검을 뽑았다.

문답무용(問答無用).

그렇게 강서성 흑백대전의 시작을 장식하는 두 노고수 간의 싸움이 시작되었다.

　　　　＊　　　　　＊　　　　　＊

　동족상잔(同族相殘)의 비극이 천설가의 자랑인 상록거수 앞에 펼쳐졌다.

　"크아악!"

　가족이 가족을 죽이는 처참한 사태.

　"허억. 큭. 으악."

　이는 다른 단어로 더 자세히 표현할 길이 없었다.

　서로를 향한 천살성의 살기는 가히 천살(天殺)이라 부르기에 아깝지 않았다.

　가지각색의 무기에 묻은 가족의 피와 금제로 인한 정신적 부담이 그들을 더욱더 깊은 광기로 몰아넣었다.

　그들 속에 내재된 짐승이 깨어났고, 그들은 결국 부족한 내력을 채우기 위해서 서로의 심장을 뜯어먹기 이르렀다.

　동족상잔을 넘어선 동족포식(同族捕食).

　짐승조차 꺼리는 만행을 거리낌 없이 하는 천살가 인원들의 표정은 하나같이 광기와 쾌락으로 물들어 있었다.

　하지만 그들 중 미동조차 하지 않고 서로를 바라보는 둘이 있었다.

　악누와 시록쇠.

어느 천살성들도 그들을 건들 생각조차 하지 못했고, 그들도 다른 천살성들은 건들 생각을 하지 않았기에 그들은 진흙탕 위에 선 도도한 학처럼 있을 수 있었다.

주변이 서서히 정리되어 약자는 모두 죽고 강자들만이 남았을 때쯤 시록쇠가 먼저 움직였다.

등 뒤에 매단 도를 앞으로 꺼내 악누를 겨누면서, 그가 물었다.

"얼마나 알았지, 우리가?"

악누는 양손을 입으로 가져가 꽈득 물었다. 그러곤 피를 뱉어내며 말했다.

"적어도 삼십 년."

지독히도 긴 세월이다.

하지만 시록쇠는 장로, 악누는 호법원주.

온갖 수라장을 겪으면서도 사실 극적인 상황에서 서로 마주친 적은 많이 없었다.

그들은 서로가 가진 전력(全力)이 얼마나 되는지 정확하게 알지 못했다.

그저 천살가 내에서 시시비비를 가리기 위해 잔싸움을 하면서 느낀 건 어느 정도 호각이라는 사실뿐.

그 외에 생사혈전이라 할 만큼의 큰 싸움을 한 적이 없었고, 또 그런 싸움을 하는 것을 옆에서 지켜본 적도 없었다.

시록쇠가 말했다.

"그러고 보니 그 오랜 세월 동안 노부는 한 번도 악 형의 전력을 본 적이 없어."

악누가 비웃음을 얼굴에 그리며 말했다.

"본좌는 교주의 호법이니 내가 상대한 적은 모두 죽어야 하는 죄인들뿐이었다. 그리고 도전하는 놈들은 전부 죽였지. 본좌의 전력을 상대하고 살아남은 사람은 없어."

시록쇠의 얼굴에 작은 아쉬움이 자리 잡았다.

"좋았겠군. 노부야 교육부 장로직에 오른 이후 제대로 도전하는 놈들이 없었어. 애들 키우는 맛이 쏠쏠했지만, 그래봐야 그것뿐. 생명을 걸고 칼을 휘두르던 젊은 날이 그립긴 했지."

악누는 시록쇠를 지그시 보다가 물었다.

"제대로 된 실전을 한 지 얼마나 지났지?"

"십여 년 전, 천각 교주가 실각되던 해가 마지막이지 아마?"

"……."

"악 형은 어떤가?"

"이 년 전, 소림 애들 멸문시킬 때."

"좋았겠군."

"좋았지."

그때부터 시산혈해를 이루던 상록거수에서 단말마가 서서히 줄어들기 시작했다. 돈사하가 말한 '선별'이 어느 정도 진행된 탓에 한쪽이 일방적으로 밀린 것이다.

시록쇠는 깊게 숨을 들이마시고는 내쉬며 말했다.

"녹슬었다고 간과하지 마, 악 형. 그러가 큰 코 다쳐."

악누가 낮은 목소리로 말했다.

"그러지 말고 이쪽으로 넘어와."

시록쇠는 웃었다.

"클클클! 클클클! 사람이 어찌 자기 믿음을 정할 수 있단 말이냐, 악 형?"

"……."

"우습군. 우스워. 교주를 견제하는 장로인 노부가 천살가보다 천마신교를 앞에 두고, 교주를 몸 바쳐서 지키는 호법원주인 악 형이 천마신교보다 천살가를 먼저 두다니."

"이젠 천살가가 아니라 혈교(血敎)다. 모르겠는가, 시 형?"

시록쇠는 고개를 저었다.

"하늘 아래 진정한 교는 하나뿐이다."

"역시 시 형은 그러하군. 태생은 어쩔 수 없는 것인가?"

"노부는 천살성이기 전에 마교인이었어. 다를 수밖에. 아쉽게도 천살가에는 노부처럼 본 교에서 차출된 천살성이 적어."

시록쇠를 제외하고 마지막으로 천마신교에 충성심을 가진 천살성이 죽는 것을 끝으로, 완전히 선별된 천살성들은 모두 시록쇠에게 살기를 보내고 있었다.

열 명 남짓 남은 그들은 모두 악누와 믿음이 같은 자들이었다.

천마신교보다 천살가를 먼저 생각하며 돈사하가 말한 탈교에 동의하는 쪽이다.

그들이 각각의 병기에 손을 가져가자, 악누가 신경질적으로 손을 뻗었다.

"그 누구도 이 싸움을 방해할 생각은 하지 말거라! 지켜보다 본좌가 죽으면 그때 손을 써."

그가 그렇게 말하자, 선별된 천살성들은 서로를 쳐다보더니 멀찌감치 멀어져 둥근 원을 만들었다.

시록쇠는 허탈한 웃음으로 그들을 둘러보다가 악누에게 말했다.

"이렇게 돼서 아쉬워, 악 형."

"시 형, 마음을 다시 잡아봐. 시 형은 앞으로 건설될 혈교에 정말 큰 도움이 될 거다."

시록쇠는 시선을 땅으로 가져갔다.

그리고 자신의 마음을 오랜 시간 동안 바라보며 고민했다.

하지만 곧 그는 고개를 저으며 내력을 끌어올렸다.

"그래도 탈교는 아니야. 내가 혈교를 받아들이고 가주를 섬겼던 것은, 내가 죽기 전에 천살성이 교주가 되는 것을 보기 위함이다. 천마신교 창시 이래, 전례가 없었던 그 광경을 눈으로 목격하기 위함이지. 본질인 천마신교를 저버리는 건 아니야. 나에게는 당당히 천마신교의 교주가 된 천살성이 바로 혈교주다. 탈교하여 혈교를 세우고 거기서 군림하는 자는 그저 배신자일 뿐이야."

"……."

"아까도 말했던 것처럼 노부가 노부의 의지로 노부의 믿음을 바꿀 순 없다, 시 형. 그래도 노부가 악 형보다 선배니 선수를 양보하지. 와봐."

그 말을 들은 악누의 얼굴이 일그러졌다.

"본좌에게 선수라니… 도발이라면 괜찮았다, 시 형."

시록쇠의 도에 내력이 담기면서 검푸른 기운이 도신을 감싸기 시작했다.

"이제 와서 무슨 시 형. 오거라, 악가 놈아. 마지막 가는 길에 길동무로 삼아주마."

악누의 전신에서 살기가 폭사됨과 동시에, 그는 무릎을 접었다.

그의 전신이 하늘 높이 솟구침과 동시에 그가 외쳤다.

"어리석은! 네 심장을 받아가마! 시가 놈!"

악누의 혈권에서 권태(拳颱)가 뿜어졌고, 시록쇠의 도신에선 도강(刀罡)이 쏘아졌다.

*          *          *

피월려는 돈사하가 멀어진 것을 보며 선착장에 큰 못처럼 박혀 있는 나무 기둥에 몸을 기댔다. 그러곤 황만치에게 말했다.

"태수께선 이 싸움이 어찌 흘러가리라 보시오?"

황만치는 돈사하가 사라진 곳을 하염없이 바라보며 중얼거렸다.

"오랜 세월 패권을 휘두르던 백도의 주역들이 많이 사라진 이후, 조용히 힘을 키우던 여러 세력들이 천하제일을 노리기 시작했소. 남궁세가도 그중 하나. 이번 싸움을 통해서 창천호검이 진정한 입신에 오른다면 남궁세가가 천하제일가가 되는 것도 꿈만은 아니겠지."

"남궁세가가 이긴다고 보시오?"

"천살가의 경우도 마찬가지. 천마신교에서 탈교하여 혈교를 세우고 그들의 독자적인 세력을 꾸리기 위해선 그 수장이라 할 수 있는 음양살마가 입신에 오를 필요성이 있소. 어느 세력이든 그 방파를 세운 시조는 입신의 고수. 혈교가 정통성을 갖추기 위해선 그에 걸맞은 실력자가 뒷받침되어야겠지."

"……."

황만치가 어디까지 알고 있는가?

피월려가 조용하자 황만치가 피월려를 보며 말했다.

"본관은 솔직히 어느 쪽이 어떻게 되든 상관없소. 둘 다 죽든, 한쪽만 죽든 본좌의 목적은 이뤄지게 되어 있기 때문이오."

양패구상이 목적이 아니던가?

피월려가 물었다.

"양패구상뿐만 아니라 어느 결과가 나오든 양쪽을 화합시키겠다는 자신감이 있단 말이오?"

그의 질문에 황만치가 작은 웃음소리를 내었다.

"하하하. 아니오. 그건 이미 이루어진 일이오."

피월려의 눈썹이 꿈틀거렸다.

"이미 이뤄졌다?"

"본관을 통해서 백도와 흑도는 이미 화합에 이르렀소."

피월려는 잠시 이해할 수 없었다.

"천살가와 남궁세가는 여전히 적대 관계이며, 저 둘이 양패구상하지 않은 한, 한쪽으로 무력이 쏠려 화합하기 어려울 것이오. 한데 그게 무슨 의미이오?"

황만치는 반문했다.

"심검마야말로 무슨 말씀을 하는지 모르겠군. 본관은 백도와 흑도, 양쪽을 화합시킨다고 말했지, 천살가와 남궁세가를 화합시킨다고 말하지 않았소."

"그, 그게 무슨……."

황만치는 피월려의 말을 잘랐다.

"생각해 보시오. 천살가와 남궁세가를 화합시킨다고 화합이 되겠소? 흑백대전이란 무릇 흑과 백의 싸움이오. 도대체 언제부터 흑과 백이 천살가와 남궁세가를 뜻하는 말이 되었단 말이오?"

피월려의 입이 살포시 벌어졌다.

"그 뜻은… 천마신교와 무림맹을 화합시켰다는 말이오?"

"그렇소."

간단한 대답이었지만, 피월려는 머릿속이 더 어지러워지는 것을 느꼈다.

"어, 어찌?"

"천마신교에서도 무림맹에서도 각자 원하는 것이 있었지. 그걸 들어줬을 뿐이오. 양쪽 다 만족하니, 그것이 현상 유지 아니겠소?"

"무림맹은 이미 괴멸되었다고 들었소만."

"잔챙이들이 모인 그 무림맹을 말하는 것이 아니오. 천하제일고수였던 검선이 죽은 이후, 검선의 무림맹은 더 이상 무림맹일 수 없지. 내가 말하는 무림맹이란 앞으로 떠오를 진정한 무림맹. 또 다른 입신의 고수로 인해 세워진 무림맹을 뜻하는 것이오."

또 다른 입신의 고수.

피월려의 입이 벌어지며 그의 이름이 나오려고 하는데, 갑자기 누군가 하늘에서 뚝 하고 떨어지듯 그들 사이에 나타났다.

쿵!

한쪽 다리를 하늘 높이 뻗고 혀를 내밀며 공기를 맛보는 그 괴인.

다름 아닌 단시월이었다.

"대애애애주우우우우우우우우! 오랜만입니다. 할짝! 외관이 참으로 멋있어졌습니다만."

"……."

"한번 핥아봐도 되겠습니까아?"

피월려는 그 특유의 목소리를 듣고는 그가 단시월임을 단박에 알 수 있었다.

그가 대답했다.

"아니 되오."

단시월은 충격받았다는 듯 눈을 크게 뜨더니 말했다.

"그거 명입니까?"

"……."

"명이냐고 물었습니다아?"

"내 무위가 더 낮은 이상, 나보다 고수이신 단 대원에게 명을 내릴 수는 없소. 아시지 않소?"

"그럼 명이 아니군요?"

"그렇소."

단시월은 쿵쾅거리는 발걸음으로 피월려에게 가까이 다가온 후 그의 귀에다 대고 속삭였다.

"그럼 내가 상명하겠습니다."

"……."

"가만히 핥음을 당하십쇼."

"……."

"어랏? 제가 들어야 할 말이 있는 것 같은데 제 착각입니까, 피 대주니임?"

피월려는 겨우 양손을 들어 포권을 지을 수 있었다.

"…조, 존명."

할짝!

황만치는 그대로 뒤를 돌아 바다에 헛구역질을 했다. 밤이라 먹은 것이 없어 다행히 아무것도 나오지 않았다.

피월려는 그 놀라운 평정심으로 마음을 다잡고는 냉정하게 머리를 돌렸다.

그러자 곧 원설에게 들었던 소식이 떠올랐다.

"흑룡대원이 되셨다고 들었소. 흑룡대가 이곳에 온 것이오?"

단시월은 만족한 듯 방긋 웃음을 짓고는 말했다.

"덕분입니다. 전에 피 대주께 뒈질 뻔했는데 마궁 덕에 살아났죠? 그때 참 배우는 게 많았습니다. 뭐랄까, 무공이 급상승하여 천마가 된 건 아니지만, 싸움 자체에 뭔가 깨달음이 있었다고 해야 하나? 하여간 그 뒤 흑룡대에 지원했더니, 바로 받아주더군요. 안 그래도 마궁이 죽어서 자리가 비었다면서… 저 같은 미친놈들을 좋아하는 곳이라고 들었는데 정말 그랬습니다."

피월려가 단도직입적으로 물었다.

"흑룡대가 이곳에 무슨 볼일이오?"

단시월은 시익 웃으며 대답했다.

"이미 알지 않습니까? 교주의 명이 떨어졌습니다."

"……"

"교주를 업신여긴 천살가의 죄를 묻기 위해서, 그 책임이 있는 가주 음양살마 돈사하를 추살하라고 했습니다. 뭐, 하는 김에 덤으로 피 대주님도 데려오랍니다. 하지만 우선 돈사하를 추살해야 하니 여기 가만히 잘 계십시오. 이따가 데리러 오겠습니다."

천마신교 제일전력인 흑룡대를 이곳에 활용할 수 있는 이유는 본부가 무림맹의 제일군을 압도적인 차이로 이겼기 때문이다.

피월려는 나지막하게 중얼거렸다.

"역시 그러하군."

단시월은 갑자기 손으로 햇빛을 가리듯 달빛을 가리더니, 호수 한쪽에 초점을 맞추고는 말했다.

"흐음… 흑룡대주가 부르네요. 아무래도 상대가 상대다 보니 저 하나 빠지는 것도 좀 그런가 봅니다. 뭐, 전에 인연도 있고 해서, 마침 보이기에 그냥 한번 인사차 들렀습니다."

"……."

"그럼 음양살마에게 죽지 않는다는 전제하에, 나중에 뵙겠습니다. 그럼!"

단시월은 그 즉시 경공을 펼쳐 호수 쪽으로 쏘아지듯 날아갔다.

수상비를 펼치면서 쭉쭉 나아가는데, 그가 밟은 호수 면에 파동이 거의 일지 않을 정도로 상당한 수준이었다.

그 소리가 멀어져 들리지 않을 때쯤 되자, 피월려는 잠시 생각에 잠겼다.

흑룡대가 이 정확한 시간에 정확한 위치에서 나타난 것은 당연히 황만치가 일러주었기 때문이다.

다시 말하면, 흑룡대가 이곳까지 올 수 있게 만든 것도 그라는 뜻이다.

피월려가 황만치에게 물었다.

"무림맹의 제일군이 몰살당한 것… 그것도 화합의 내용 중 일부분이오?"

"제일군은 전에 검선을 중심으로 꾸려진 세력이오. 천마신교의 술법사(術法師)에게서 그들을 보호할 수 있는 유일한 곳은 제갈세가. 하지만 아시다시피 제갈세가는 무당파와 척을 졌소. 때문에 검선의 세력인 제일군을 도와줄 리 만무하지."

"……"

"본관은 그것을 화합의 일부분이라 말하기보단 발판이라고 하고 싶소. 그런 이해관계 덕에 애초에 화합이 가능했으니까."

"제일군은 몰살. 제삼군은 남궁세가가 중추이지. 그러니 천마신교와 화합한 백도의 대표는 제이군(第二軍)이겠군. 그건 누구의 세력이오?"

"이미 알고 계시지 않소? 음양살마가 은밀히 일러준 것 같은데."

피월려는 고개를 몇 번이고 저으며 물었다.

"하아, 태수께서 결과가 어찌 나오든 상관없다고 말한 이유가 바로 저 흑룡대 때문이었소? 저들로 하여금 둘 다 죽일 생각이오? 그리고 호구(湖口)에 모인 제삼군은 제이군을 통해서 무림맹에서 물리면 될 것이고."

"그건 사실 원래 계획에 포함된 내용이오. 하지만 한 가지 문제가 있어 계획을 송두리째 바꾸게 되었소."

"한 가지 문제라, 그게 무엇이오?"

"시화마제가 심검마를 원한다는 점이오. 하지만 우리도 심검마를 원하지."

"이젠 태수께서 말하는 우리가 누구인지도 모르겠소."

황만치는 작은 웃음을 터뜨리더니 말했다.

"그걸 말하기에 앞서, 한 가지 묻고 싶은 것이 있소."

"무엇을 말이오?"

황만치의 얼굴에서 서서히 웃음기가 사라졌다.

그리고 진지함만이 남았을 때, 그가 진중한 목소리로 물었다.

"심검마께선 협(俠)이 무엇이라 생각하시오?"

협?

피월려가 단호하게 대답했다.

"생각해 본 일이 없소. 낭인으로 살았고, 마인으로 살았소. 내가 어찌 협을 안단 말이오?"

"이젠 생각해 보시오, 아니… 생각하셔야 하오."

"……."

"심검마는 지금까지 무를 추구하는 삶을 살았소. 그 무를 좇으며 무의 완성을 노렸지. 하지만 무는 목적이 아니라 수단에 불과하오. 걸음을 빨리 걸을 수 있는 다리를 줄 뿐, 목적지를 제시하지 않소."

"……."

"표정을 보아하니, 이미 아시는 것 같소."

피월려는 마음을 다스리며 작게 읊조렸다.

"소중한 사람을 잃었을 때 깨달은 것이오. 하나 무를 잃었으니 그도 의미가 없지."

"하지만 되찾을 생각 아니오?"

"기회가 된다면."

"우리가 그 기회를 줄 것이오."

"그 우리가 누구인지 말씀하지 않으셨소."

"그걸 답하기 위해선 내 질문에 먼저 답을 해주셔야 하오."

"……."

"협이 무엇이라 생각하시오?"

협?

피월려는 그 단어에 대해서 어떠한 생각도 한 적이 없다.

하지만 그의 마음속에서부터 일어나는 감정이 무엇인진 알았다.

피월려가 아무런 감정이 섞이지 않은 목소리로 말했다.

"소요라는 아이가 있었소."

"……."

"무공도 모르는 연약한 아이였지. 좋은 아이였소."

"……."

"그 아이는 아무런 잘못도 하지 않았지만, 불행한 일에 휘 말려 죽임을 당했소."

"……."

"차가운 시신이 된 그 아이를 만지면서 한 가지 바라는 게 있었소."

"……."

"보고 싶었소."

"……."

"그 아이의 얼굴을. 서너 달 동안 내 시중을 들며 즐겁게 이야기를 했던 그 아이의 얼굴이 보고 싶었소."

"……."

"항상 나는 외면했소. 그런 사람들의 시신을 보지 않으려

했소. 내가 내 죽음을 외면했던 것처럼 남의 죽음을 철저히 모른 척했소. 하지만 그 순간만큼은 달랐소. 그 아이가 너무나 보고 싶었지."

"……."

"멀쩡히 눈이 있을 땐 용안심공을 통해 모든 것을 보았지만, 실제로는 아무것도 보지 않은 것이오. 내 스스로도 제대로 돌아볼 수 없는데 어찌 타인을 본단 말이오?"

"……."

"하지만 눈을 잃고 나니 너무나 보고 싶어 견딜 수 없게 되었소. 그래서 깨닫게 된 것이 있소."

"무엇이오, 그것이?"

"살아 있는 것에 대해 감사함을 느꼈고, 또한 살아 있는 것이 귀하게 느껴졌소. 너무나 새로웠고, 또 당황스러웠지. 심공으로 죽음을 잊고 사니, 삶이 귀하다는 걸 몰랐으니 말이오. 얼마나 새로웠겠소?"

"……."

"하지만 이젠 아오. 삶이 사랑스럽소."

"……."

"내겐 그것이 협이오. 살아 있음을… 이 처절하고 질긴 인생을 사랑하는 것이오. 그리고 그만큼 다른 사람의 삶 또한 사랑하는 것이지."

황만치는 한동안 말이 없었다.

얼마나 지났을까?

그는 하늘을 올려다보며 눈을 감았다.

그가 나지막하게 말했다.

"인정하겠습니다. 당(黨)에 들어올 자격이 충분합니다."

그의 말이 끝나기 무섭게 밤하늘의 차가운 공기가 사라졌다.

아니, 포근한 기운으로 바뀌었다.

탁.

한 사내가 선착장 위에 섰다.

그리고 그의 몸에서 그 포근한 기운이 선착장 전체를 감싸 안았다.

그 기운 속에 담긴 향기.

그 은은한 매화 향을 맡은 피월려가 떨리는 입으로 말했다.

"나… 나 선배."

다른 남자보다 한 뼘 정도 작은 체구.

주근깨가 가득한 볼과 코.

사방으로 비산한 것 같은 머리.

청결한 화산파의 무복과 뒤로 길게 뻗은 태극지혈(太極之血) 한 자루.

나지오는 함박웃음을 지으며 피월려를 보았다.

"아래에서 숨어 있느라 죽는 줄 알았네. 오랜만이다, 피 후배. 잘 지냈냐?"

제일백칠장(第一百七章)

목소리를 들으니 피월려는 마음이 턱 하고 놓이는 것 같았다.

정말로 살아 있는 것이다.

"나, 나 선배… 사, 살아 있었소?"

"오냐. 살아만 있겠냐? 강녕(康寧)도 하다."

그리운 그 목소리에 피월려는 자기도 모르게 손을 뻗었다.

나지오는 그의 앞으로 걸어가 그 손을 붙잡았다.

피월려는 수시로 떨리는 그 손으로 나지오의 얼굴을 매만졌고, 그것을 통해서 나지오의 얼굴을 느낄 수 있었다.

피월려가 웃었다.

"정말 나 선배군요."

"오냐."

"……."

"킥킥킥. 그새 많이 늙었네. 이렇게 선천지기를 썼으니, 반로환동을 이루어 젊음을 되찾는다 해도 보통 사람의 수명만큼밖엔 못 살겠어."

"그 정도만 살 수 있어도 내겐 감지덕지이오."

"나랑 놀아줘야 할 거 아니냐? 나는 앞으로 백 년을 훌쩍 넘길 세월을 살 텐데, 네가 먼저 죽으면 남은 세월은 뭐 하고 지내라고?"

"그럼 제가 죽을 때, 같이 가시면 되는 것 아니오?"

"참 나. 도사에게 자살을 권유하다니… 무식한 놈."

나지오는 피월려에게 다가와 그를 끌어안았다.

얼떨결에 안긴 피월려는 그 강압적인 힘에서 벗어날 수 없었다.

자기 마음껏 피월려를 안은 나지오가 그를 놓아주더니, 그의 어깨를 툭툭 치면서 황만치를 보았다.

"어때, 관목(官目)? 내가 말했잖아. 이 친구 괜찮다니까."

관목이라 불린 황만치가 얼굴을 찌푸리며 말했다.

"그 호칭은 좀 어떻게 안 됩니까? 작명 수준이 너무 떨어집니다."

나지오는 쾌활하게 웃으며 말했다.

"그럼 뭐, 관중용왕(官中龍王) 이렇게 해줄까?"

"됐습니다."

"한번 말해봐, 관중용왕. 여기 계시는 심검마께서 마중용왕(魔中龍王)이 되시기에 어떤지?"

"됐으니까, 전처럼 목(目)으로 통일하십시오."

"킥킥킥."

피월려가 물었다.

"무슨 말씀을 하시는 것이오?"

나지오가 대답했다.

"내가 당을 하나 만들었거든. 아직 정식 명칭은 없는데, 내가 밀고 있는 건 쾌의당(快意黨)! 쾌의당전(快意當前)이 내 신조거든. 거기서 따왔지."

황만치는 한숨을 푹 내쉬었고, 피월려는 살포시 웃으며 말했다.

"솔직히 별로인 것 같소, 나 선배."

"뭐? 참 나. 진짜?"

"……."

"그럼 뭐? 뭐로 정할까, 마목(魔目)?"

"호칭을 목으로 통일하셨으니, 당의 이름에도 목 자를 쓰는 게 좋겠소. 뭐, 별로 관심 없지만."

나지오는 얼굴을 잔뜩 구기더니 피월려와 황만치를 번갈아 보다가 툭하니 말했다.

"퉤. 됐다, 됐어. 이름이 얼마나 중요한데? 엉? 전 중원을 굽어살피는 흑막 중 흑막이 될 당이야. 근데 뭐? 이름 짓는 데 관심이 없다고?"

"······."

"······."

나지오는 고개를 도리도리 흔들더니 말했다.

"뭐, 좋아. 이름은 일단 당원을 전부 정하고 나서 회의를 통해 정하자고."

피월려가 물었다.

"전 중원을 굽어살피는 당이라··· 아직 당원도 다 정해지지 않았소?"

나지오가 머리를 긁적이며 대답했다.

"웅. 그래도 후보들은 정해졌어. 너랑 음양살마도 후보였지. 천마신교에 영향력을 끼칠 당원으로 말이야. 여기 있는 황만치는 음양살마를 밀었고, 나는 너를 밀었지. 하지만 일이 이상하게 돌아가더라고? 그놈이 탈교한다니 뭐니 하니까 말이야. 그러면 마교 내에서 우리 당의 역할을 해줄 사람이 없는 거잖아."

"……."

"그래서 계획을 바꿨지. 너를 우리 당원 중 마목으로 받아들이고, 마교에 남기로. 뭐, 교주로 있는 건 너무 튀니까 안 되고. 하여간 진설린의 입장도 있고 하니, 장로가 딱 좋을 것 같았어. 근데 여기 계신 이 황만치 태수께서 그래도 자기가 직접 네 그릇을 확인해야 한다고 했기에, 바로 안 나오고 숨어 있었어."

황만치는 슬며시 시선을 돌려 나지오의 눈길을 피했다.

그러다가 문득 피월려의 퀭한 눈과 눈길이 마주쳤다.

피월려가 그에게 나지막하게 말했다.

"귀관께서는 천마신교 본부와도 손을 잡았고, 무림맹의 제이군과도 손을 잡았고, 천살가 가주와도 손을 잡았고, 남궁세가의 장로와도 손을 잡았고, 천포상단의 단주와도 손을 잡았소. 그리고 그들 자신들도 모르게 화합을 이끌어내신 것이로군."

황만치, 아니, 관목이 대답했다.

"본목(本目)은 목적을 위해서 누구와도 손을 잡을 수 있소, 마목."

피월려가 물었다.

"귀목께서 생각하시는 협은 무엇이기에 나 선배를 따르는 것이오?"

관목이 부드러운 목소리로 말했다.

"그에 대한 답은 이미 말했소."

현상 유지.

다른 말로 하면, 지금처럼 큰 전쟁이 없는 평화 상태의 현상 유지다.

피월려는 잠시 침묵을 지키다가 나지오를 돌아보며 물었다.

"내가 후보였다면, 내게 일어난 일을 다 아신 것이오?"

나지오는 고개를 끄덕였다.

"응. 당을 만들기로 결심하고 나서 음양살마와는 꽤 전부터 얘기가 오간지라, 네 이야기도 들어서 알고 있었지. 애초에 너의 생사에 대해서 천살가에 알려준 사람이 누구라고 생각해? 내가 태극지혈을 주우러 제갈가에 갔다가 아주 놀랐다니까? 그리고 네 육신에 잠든 이면의 것을 보곤 더 놀랐지."

피월려는 살포시 입을 벌렸다.

"과연……."

그러고 보니 악누와 무학에 대해서 토론하느라 정작 그걸 물어보지 못했었다.

천살가는 애초에 어떻게 피월려가 그곳에서 살아 있었다

는 걸 알고 악누를 보냈을까?

어떻게 보면 가장 먼저 의심했어야 하는 부분이다.

강호에 우연은 없으니까.

나지오가 말했다.

"하여간 넌 힘을 쓸 줄 모르니 내가 대신 쓸 거야. 그렇다고 내 꼭두각시가 되라는 건 아니야. 적어도 네가 말한 그 협에서 벗어나지 않는 당을 만들 거고, 그걸 위해서 널 쓸 거야. 내가 네게 협을 이루는 게 뭔지 알려주마."

"……"

"나도 입신에 오르고 화산파에서 많은 생각을 했지. 내 힘을 사용할 방법에 대해서 말이야. 그러다 보니 검선이나 능수지통이 하려는 짓이 뭔지 알겠더라고. 하지만 그놈들은 너무 나댔어. 겉으로 드러나게. 심하게. 그 때문에 오히려 많은 사람들이 더 다치고 불행해졌지. 나는 그렇게 힘을 쓸 생각이 없어. 암중에서 아무도 모르는 곳에서부터 질서를 지켜 나갈 생각이야. 그걸 위해서 당을 만든 거고. 거기에 네가 한몫을 해줘."

"거부하면 어찌 되오?"

"참고로 거부권은 없어. 거부하면 즉시 목이 날아간다."

"……"

"장난이고. 조건을 걸게. 나도 공짜로 해달라는 건 아니니까. 네가 힘을 되찾을 수 있게끔 인도하고 협력하지. 그리고 그 힘을 사용하는 구체적인 방법은 네게 맡기겠어. 널 조종하거나 하지 않아. 당 내에서도 내 독단적으로 그 어떤 것도 결정하지 않고 논의를 통해서 모든 것을 상의하지. 이 정도면 괜찮은 조건 아니야?"

원래부터 승낙하려고 생각했다.

애초에 마음이 그랬고, 냉철하게 계산만 해도 승낙하는 것이 더 좋다.

피월려는 피식 웃고는 대답했다.

"난 나 선배를 보는 것만으로도 기분이 좋소. 다만, 나 선배가 엇나간다면 그걸 바로잡을 사람도 필요할 것 같으니, 그걸 위해서라도 입당하겠소."

나지오는 씩 웃었다.

그는 손가락 두 개를 뻗으며 피월려 앞에서 흔들었다.

"과거. 미래. 둘 중 하나 선택해. 뭐부터 설명해 줄까? 시간상으론 과거부터 해야겠지?"

과거는 언제든지 물어도 된다.

피월려가 말했다.

"아니오. 곧 가주를 구하러 가야 하니, 시간이 없지 않소? 앞으로 있을 일에 대해서만 우선적으로 설명해 주시오, 나 선배."

나지오는 불만 어린 표정을 짓더니 팔짱을 꼈다.

"얼씨구? 늙어도 다른 사람 의도를 꿰뚫어 보고 잘난 듯이 이야기하는 그 버릇은 그대로네."

"……"

피월려의 얼굴이 굳는 것을 본 나지오는 방긋 웃더니 갑자기 품속에서 무언가 꺼내 들었다.

"아, 입당한 기념 선물이야."

"선물?"

나지오는 손가락으로 태극지혈의 검신을 튕겼다.

캉!

맑은 소리와 함께 나지오가 입을 열었다.

"태극지혈을 찾은 데서 찾은 거야. 둘 중 하나라도 찾아서 다행이지 원……"

"설마……"

피월려는 나지오가 들고 있던 그 선물을 한 번에 집었다.

그것이 어디 있는지 보이지 않았으나, 그의 손은 그 위치를 정확히 알고 움직였다.

차가운 한기가 손을 통해서 전해진다.

피월려가 중얼거렸다.

"소소(銷簫)……"

그 순간 소소 위에 투명한 역화검(逆化劍)이 덧씌워졌다.

그걸 꿰뚫어 본 나지오가 휘파람을 불었다.

"이야… 내공이고 뭐고 없이 그냥 쭉쭉 그렇게 나와? 대단한걸? 뭐라고 말해? 무형검강(無形劍罡)? 검강을 내공도 없이 펼치다니 좀 이상한데."

피월려는 나지막하게 대답했다.

"검강이 아니오."

"그럼?"

"검리(劍理)… 무형검리(無形劍理)이오."

그 말을 들은 나지오의 동공이 보름달만큼 확장되었다.

*          *          *

음양살마(陰陽殺魔) 돈사하.

창천호검(蒼天浩劍) 남궁서.

서로가 서로를 향해 내뿜는 기운은 하늘까지 미쳐, 그 기류에 영향을 주었다.

구름이 점차 넓게 퍼지면서 그들을 중심으로 겹겹이 원을 만들기 시작한 것이다.

또한 살얼음 아래로 흐르는 파양호의 깊은 물길 또한 영향을 받아 지금까지 단 한 번도 흐른 적이 없는 방향으로 흐르기 시작했다.

있을 수도 없고 있어서는 안 되는 하늘과 물의 변화에 주변에서 날아오르던 새들이 갈피를 잡지 못하고 추락했고, 호수 밑바닥에서 휴식을 취하던 물고기들이 놀라서 정신없이 헤엄치며 그곳에서 달아났다.

돈사하와 남궁서가 선 그 공간에, 살아 숨 쉬는 모든 것이 사라지기까지는 오랜 시간이 걸리지 않았다.

둘이 뿜어내는 기운의 양과 질은 동일했다.

하지만 근본적인 차이가 있었다.

돈사하의 것은 살의를 기반으로 한 살기였고, 남궁서의 것은 투지를 기반으로 한 투기였다.

돈사하는 남궁서를 죽이고자 했고, 남궁서는 돈사하를 이기고자 했다.

실로 흑과 백의 싸움에 어울리는 기세다.

탓. 탓. 탓.

흡사 어린아이가 얼음을 손가락으로 누르는 소리 같았다. 너무나 신기하지만 또 두려운 나머지, 그 아이가 가진 최약의 힘으로 조심히 누를 때나 나는 그 소리가 남궁서의 발자취에서 났다.

바람 한 점 없는 호수 위가 아니라면 거의 들리지도 않을 정도의 미약한 소리.

그런 소리가 한 번씩 울릴 때마다 남궁서의 몸은 무려 한 장씩 앞으로 움직였다.

돈사하의 음양안(陰陽眼)에 이채가 떠올랐다.

그는 흔히 검객이라 말하는 족속들을 잘 알았다.

검이 만병지왕(萬病之王)이니 하는 헛소리를 지껄이며 어떠한 상황과 어떠한 환경 속에서도 제 몫을 톡톡히 해내는 무기라 자신한다.

그래놓고는 장공(掌法)에서 파상된 장풍(掌風)을 통해 발경의 원리를 얼른 가져다가 베끼더니 어느 순간 검기(劍氣)라 거창하게 칭하면서 지들이 써먹고 있다.

만병지왕이라면서 장거리에 대응하기 위해 검기를 쓰는 건 무슨 꼴인가?

하지만 우습게도 검객들은 오히려 그렇기 때문에 검이야말로 모든 병기의 완성이라고 말한다.

그 때문일까? 검객들은 검기를 자신(自信)한다.

일단 거리가 멀어지고 나면 가까이 붙을 생각을 하지 않고 검기부터 쏘아 선수를 잡으려 한다.

마치 원거리에서조차 검이 대단한 무기인 것처럼 자랑하기 위함처럼.

하지만 남궁서는 그러지 않았다.

정석대로 검경(劍境)에 적을 넣기 위해서 경공을 펼쳐 다가오고 있다.

적어도 초절정이니 검기 정도 뽑아내는 건 칼을 휘두르는 것만큼이나 쉬울 터인데, 그럼에도 불구하고 검이 가장 강력한 거리 내로 싸움을 가져가기 위해 다가오고 있다.

그렇다면 이번 싸움은 화려한 검강과 날카로운 검기의 싸움으로 흘러가지 않는다.

돈사하는 자신이 남궁서를 과소평가했다는 걸 인정하지 않을 수 없었다.

백도 놈이라 화려한 자기 모습과 검술에 취한 놈인 줄 알았는데, 이제 보니 검객 중 검객이 아닌가?

돈사하는 왼쪽 눈을 감았다.

그 순간 돈사하의 온몸은 백색으로 휘감겼다.

그도 그럴 것이 그의 겉모습 중 유일하게 색을 품고 있었던 것이 바로 그의 검은 왼쪽 눈이었기 때문이다.

온통 백색으로 변한 돈사하의 모습을 확인한 남궁서는 마음이 흔들리는 것을 느꼈다.

무엇이 과연 도사리고 있을까 하는 의심이 정신을 지배하기 시작했다.

그렇다면, 둘 중 하나를 결정해야 한다. 속도를 줄일 것인가? 아니면 높일 것인가?

탁! 탁! 탁!

얼음이 위험하지 않다는 걸 깨달은 어린아이가 이젠 주먹으로 얼음을 내려친다.

그런 강함이 담긴 소리가 남궁서의 발자취에서 울렸다. 그와 동시에 그의 몸이 쏜살같이 빨라졌다.

대략 한 걸음에 한 장씩 움직이던 그의 몸이 이젠 세 장씩을 넘어서 다섯 장씩이 되었다.

대략 여섯 번째 걸음쯤에, 남궁서의 검경에 돈사하가 들어왔다.

그 순간 내지른 남궁서의 검은 제왕검형(帝王劍形)의 묘리가 담긴 푸른빛으로 밝게 빛나고 있었다.

슈욱.

백색의 돈사하에게 빨려들어 가듯 들어간 검은 허무하게 그 몸을 지났다.

그리고 주변으로 따라온 검풍에 의해서 백색의 돈사하가 아지랑이처럼 흩어졌다.

돈사하는 너무나 존재감이 없기에 아지랑이 같은 환영(幻影)도 실제 그와 분간하기 어려웠다.

환영이 너무 진짜 같아서 그런 것이 아니라 오히려 돈사하 본인이 너무 환영 같아서 생기는 착각이었다.

강대하게 뿜어내던 그 살기조차도 완전히 사라져 버렸다. 남궁서는 놀라운 감각을 통해 마지막으로 살기가 사라진 곳이 아래라는 것을 느꼈다.

그가 돈사하의 환영이 있던 곳을 보니, 지름이 일 척도 채 안 되어 보일 만큼 작은 구멍이 있었다.

워낙 주변이 살얼음으로 얼어 있다 보니, 달빛이 환히 비추고 있지 않았다면 남궁서의 안력(眼力)으로도 쉽사리 알아차리지 못했을 것이다.

"물속인가……."

남궁서가 눈에 내력을 집중하여 호수 아래를 살필 때쯤, 무언가 그의 발아래에서 올라오는 것을 확인했다.

그 자체는 보이지 않았지만, 주변 물길을 역류하고 있어 그것을 보고 간접적으로 존재를 유추할 수 있었다.

그는 서둘러 뒤로 보법을 펼쳤다.

피스슷—!

작은 구멍에서 솟구쳐 올라온 그것은 달빛조차도 반사시키지 않았기에 빛으로 볼 수 없었다.

다만 운이 좋게도 보름달까지 치솟아 올라 이리저리 흔들리기에, 그 그림자로 그것을 볼 수 있었다.

그것은 얇은 실이었다.

"사검(絲劍)?"

남궁서는 실제로 사검을 보는 것은 처음이었다.

그가 대련한 고수들은 칠 할 이상이 검객, 그리고 그나마 많았던 것이 도객이다.

그것도 모두 싸우기 좋은 연무장이나 흙바닥 위에서 한 것이다.

얼음 아래 숨은 채 사검을 쓰는 마인.

"이를 어찌 상대하란 말인가?"

남궁서는 그 독백을 끝마치기도 전에, 또 다른 살기가 그의 낭심을 향한 것을 느꼈다.

그는 역시 서둘러 보법을 펼치려 했지만, 순간 그의 머리를 강타하는 생각이 있었다.

이토록 살기를 자유자재로 다루는 상대가 갑자기 그에게 살기를 쏘아 보낼 리가 없지 않은가?

그는 보법으로 몸을 움직이는 대신 얼음을 차며 엎어지는 형태로 몸을 붕 하고 띄웠다.

그리고 검을 잡은 아귀에 힘을 주곤 눈으로 얼음 아래에서 올라오는 사검을 찾았다.

하지만 이번에는 운이 없게도 물길을 역류하지 않는지 사검이 보이지 않았다.

그렇다면 쾌검으로 해법을 찾을 수밖에.

남궁서는 눈을 감고 남궁세가의 최고 쾌검술인 고혼일검(孤魂一劍)을 준비했다.

그 검술은 반응할 방법을 미리 마음에 정해놓고 쾌검을 휘두르는 것으로 시전자의 의식적인 판단을 건너뛰기에 스스로가 어디를 베었는지도 자각하지 못할 정도로 빠르다.

피스슷―!

얼음을 뚫는 그 소리가 울림과 동시에 남궁서의 검이 잔상조차 남기지 않고 움직였다.

스윽.

얼핏 보면 그저 얼음을 슬쩍 베어낸 것과 다름없었지만, 실상은 얼음을 뚫고 올라온 사검을 베어낸 것이었다.

"역시."

남궁서가 눈을 뜨고 보니 얼음을 뚫고 올라온 사검의 위치는 그의 낭심이 있던 곳보다 더 뒤였다.

돈사하는 그의 낭심 쪽으로 살기를 보낸 뒤, 그것을 피할 거리를 계산하여 더 뒤쪽으로 공격한 것이다.

남궁서는 얼음 위에 안착하며 깊은숨을 내쉬더니 중얼거렸다.

"살기를 보낸 곳과 다른 곳을 공격하는 걸 동시에? 그것이 정녕 가능한 것인가?"

그것이 가능하기 위해선 자기 스스로의 움직임을 자각하지 못하는 것과 동시에 의도적으로 오해해야 한다.

나는 전심으로 오른손을 쓰려고 했지만 몸의 신경에 이상이 생겨 왼손이 쓰인다든지, 하는 식이다.

남궁서는 그 의문을 깊게 품을 수 없었다.

보름달까지 치솟아 오른 사검 한 가닥이 어느새 강렬한 검은빛을 품고 있었기 때문이다.

"어기충검(御氣充劍)… 감싸고 있는 기 덕분에 눈에 보이는 게 그나마 다행이군."

돈사하의 사검은 마치 뱀처럼 이리저리 공중을 휘저었다. 그러면서 큰 원을 그리듯 남궁서를 포위하기 시작했다.

남궁서는 그 사검이 언제 자기를 공격할지만 유심히 보다가 이내 원의 반절 이상이 포위되고 나서야 그것을 깨달았다.

그는 사검에 눈을 두면서도 경공을 펼쳐 아직 포위되지 않은 쪽으로 내달렸다.

그러자 온 사방에 퍼져 있던 사검이 갑자기 손바닥만 한 넓이로 넓어졌다.

마치 공작새가 꼬리를 펴는 것 같았다.

촤ー 악!

순간 밤하늘과 전 방향에 넓은 줄들이 생기는 것을 본 남궁서는 순간 그가 보고 있는 것을 믿을 수 없었다.

마치 거대하고 투명한 공의 중심에서 그 공의 표면을 이리저리 감싸고 있는 끈들을 안쪽에서 보고 있는 것 같았다.

그러다가 곧 깨달음이 찾아왔다.

"실이 아니라 널찍한 끈이었군. 끈의 얇은 쪽만을 보고 있었기에 실로 오해한 것… 생각보다 위험해졌어."

남궁서는 본신내력을 모조리 동원하여 경공을 펼쳤다.

그러자 그가 밟았던 살얼음들이 산산조각이 나면서 그 아래 있던 물까지 튀기기 시작했는데, 거기서 얻는 도약에 한계가 있던 터라 남궁서의 속도에도 역시 한계가 있었다.

촤ー 왈!

넓은 끈으로 변한 실… 돈사하의 망사(網絲)가 일제히 사방에서 줄어들면서 그에게 그물망처럼 달려들었다.

남궁서는 마치 물고기가 어부의 그물 속에서 벗어나려는 것처럼 요리조리 피하면서 그 망사의 손아귀에서 벗어나기 시작했다.

하지만 살얼음 위에서 펼치는 경공으론 완전히 빠져나올 수 없었다.

휘ー 릭!

그 포위에서 완전히 벗어나기 일보 직전, 그의 왼팔에 한 고리가 걸렸다.

그 망사는 남궁서의 옷깃이 닿자 마치 살아 있는 뱀처럼 반응하며 그 왼팔을 휘감았다.

한번 그의 속도를 늦추니 그 뒤론 일사천리.

그 뒤로 따라온 망사가 그의 목과 허리, 다리, 허벅지 등등 신체 부위에서 감을 수 있는 모든 것을 감기 시작했다.

어느새 망사에 온몸이 칭칭 감긴 남궁서는 더 이상 그의 겉모습을 확인할 수 없었다.

그저 인형(人形)의 모습을 겨우 갖추고 있을 뿐이었다.

돈사하는 수면 위로 올라와 남궁서가 경공을 펼치며 깨뜨린 얼음 속에서 모습을 드러냈다.

그는 다소 지친 기색으로 살얼음 위로 올라와 공기를 힘껏 마셨는데, 짧은 시간 동안 물속에 있었던 것치고는 호흡이 안정을 찾을 줄 몰랐다.

빽빽하게 망사에 쪼여진 채 대 자로 서 있던 남궁서가 입을 열고 말했다.

"역시 이렇게 긴 물체 전체에 어기충검을 하는 건 엄청난 내력의 소모가 있군. 그렇지 않소?"

순간 돈사하의 호흡이 살짝 멈췄다.

망사에 감긴 이상 온몸을 제대로 쓸 수 없어 말을 한다고 해도 발음이 틀어져야 정상이다.

하지만 남궁서는 마치 평소처럼 말을 하고 있었다.

돈사하는 마공을 운용하여 부족한 내력을 조달했다.

"백도의 정공으론 불가능한 수준의 양이 필요하지. 궁서도 마공에 관심 있으면 말해. 본 교는 누구도 차별하지 않으니, 남궁세가의 가주라고 해도 입교하는 것이 가능해."

남궁서가 말했다.

"절대량(絶對量)으론 어떤 내공도 마공을 따라갈 순 없지만, 질에 있어서는 한없이 탁한 것. 그것을 익히면 남궁세가가 추구하는 무를 이룰 수 없소."

"그것도 마공 나름이야. 질 좋은 걸로 익히면 그만이지."

"정식으로 인사하겠소. 창천호검으로 불리고 있는 남궁세가의 남궁서이오."

"난 음양살마 돈사하. 아시다시피 천마오가 중 천살가의 가주이지. 그나저나 한 가지 물어도 될까?"


*                *                *


"입신에 이미 오른 거야?"

소소 위로 덧씌워진 무형검리를 보는 나지오의 눈동자는 기묘하게 흔들리고 있었다.

양옆이나 위아래가 아닌 앞뒤로 흔들리는 듯한 떨림. 그가 가진 입신의 깨달음을 총동원하여 무형검리를 이해하려 애쓰는 것이 분명했다.

하지만 나지오는 알 수 없었다. 그리고 그 뜻은 피월려의 무학이 나지오의 무학과 동급이라는 뜻, 혹은 나지오의 무학에 포함되지 않는 무언가가 피월려의 무학 속에 존재하고 있다는 뜻이다.

피월려가 물었다.

"입신이 무엇이란 말이오?"

"……"

"신이라는 것이 실존하는 것도 아니고, 그저 사람의 상상에 의존하는 존재이오. 그런 신의 모습을 하나하나 모방하여 따라 하는 것이 진정 신이라 할 수 있겠소?"

나지오는 힘없는 웃음을 지으며 되물었다.

"처음 무공이 탄생된 배경을 알아?"

피월려는 무학에 어느 정도 자신 있었지만 그 역사까지는 단편적으로 알 뿐이었다.

무학에 관해서 부수적인 것까지 확실하게 배우는 백도 중에서도 구파일방의 마지막 일강(一强)인 화산파의 제자인 나지오에게 감히 무학의 역사를 논할 순 없었다.

"가르침을 주시오."

나지오는 턱을 괴곤 입술을 몇 번 매만지더니 말했다.

"외공의 역사는 너무 오래돼서 그 근원이 확실하지 않아. 하지만 내공의 시작은 잘 알려져 있지. 처음은 소림파에서 시작돼. 내력의 존재를 깨닫게 되면서 그들이 가진 외공에 좀 더 보탬이 되고자 익히기 시작했지."

"……"

"그것이 도교인 화산파나 무당파로 이어지면서 기(氣)의 개넘이 추가돼. 곧 내공심법(內功心法)으로 발전하고 사람은 점차 그 한계에서 벗어나게 된 거야. 그중 가장 먼저 일어난 변화는 바로 무병장수(無病長壽). 수많은 내공의 효과 중 단연 기본 중 기본이지. 때문에 구 할 이상에 달하는 모든 내공심법은 그것을 익히는 것만으로 병마(病魔)에서 자유롭고 수명이 늘지. 그게 가장 기본이거든."

"흠."

"각각의 문파는 본래 그들만의 신(神)을 섬기는 교(敎)에서 출발해. 지금은 교의 모습에서 많이 벗어났지만, 소림파도 무당파도 화산파도 엄밀히 말하면 교단(敎團)이지. 그 교에서 말하는 신의 모습. 인간과는 확연히 다른 그 신의 모습을 하나하나씩 닮아가는 것이 바로 교단이 추구하는 것이고 그 교단의 교도들이 추구하는 것이지."

"과연. 그렇게 생각한다면 천마신교만 교가 아니오. 백도의 문파들 또한 교라 말할 수 있을 것이오."

"내공은 신의 모습을 추구하는 걸 실질적으로 가능케 했어. 불가에서 말하는 부처의 모습 중 전신이 금으로 되어 있는 것을 보며 금강불괴를 이루었고, 도가에서 말하는 신선의 모습 중 어린아이로 되돌아가는 것을 보며 반로환동을 이루었지. 각각의 교에서 믿는 신의 모습을 본떠 그것에 이르는 것. 그것이 바로 입신이야."

"하지만 신의 모습은 제각각 아니오?"

"맞아. 그래서 그만큼 다른 입신이 존재하는 것이고. 그저 환상이라 치부해도 좋아."

"……."

"사람보다 강하다고 그것이 입신이라 할 수 있겠어? 인간의 한계를 뛰어넘었다고 그것이 입신이겠어? 그렇게 정의하면 한도 끝도 없지. 금강불괴라고 해서 정말 불괴인가? 반로환동이라고 해서 수명이 무한한가? 그러지도 않잖아? 결국 입신이라고 해도 다 한계가 있게 마련. 눈에 드러나도록 보이는 그 현상들을 보곤 사람들이 입신이라 말하지만, 사실 입신이란 개념만큼이나 허무한 건 없지. 난 차라리 입신이 아니라……."

피월려가 말을 뺐다.

"반선지경(半仙之境)."

나지오는 고개를 두어 번 끄덕였다.

"그래, 그게 더 옳은 말이지. 이 육신을 입고 있는 한 한계는 항상 존재하니 진정한 신이 될 수 없어."

피월려는 소소를 찬찬히 내려다보았다.

"나 선배의 말을 듣고 확신을 얻었소."

나지오는 간사하게 웃었다.

"그래서 당장 반로환동이라도 하게?"

피월려는 고개를 흔들었다.

"불가능하오."

"왜?"

"내 입문마공(入門魔功)이 극양혈마공이기 때문이오. 그 자체가 양에 극도로 치우친 마공이라 선천지기로 역류하여 반로환동을 할 수 있을 만큼 막대한 마기를 생성하려다간 그전에 마성에 젖어들 것이오."

나지오는 자기 몸을 가리키며 말했다.

"차라리 나처럼 처음부터 다시 익혀. 태극음양마공인가 뭔가 하는 걸로. 음양의 합일은 흑백을 막론하고 필수야. 반쪽짜리 극양혈마공으론 절대 반선지경에 이를 수 없어."

"아니, 이뤄야만 하오."

"왜? 왜 극양혈마공에 집착하지?"

"그것이 내 무학이고 그것을 기반으로 한 것이 바로 이… 무형검리이오."

"그건 심검이잖아? 내공과는 무슨 상관이야? 심, 기, 체는 각각 따로……."

피월려가 나지오의 말을 잘랐다.

"내 무학에선 그 세 가지가 모두 서로 얽히고설켜 도저히 떨어질 수 없을 만큼 비틀린 채로 서로를 지탱하고 있소. 극양혈마공을 포기하면 모든 것이 무너질 것이오. 이 무형검리조차."

나지오는 가만히 피월려를 보았다.

그 깊은 눈빛은 한동안 피월려에게 머물다가 땅으로 움직였다.

"나와는 다르구나."

"그래도 나 선배의 무학을 보고 익힌 것이 많소. 아마 내게 가장 많은 영향을 끼쳤을 것이오. 나 선배가 아니었으면 이 지고한 경지는 꿈도 꾸지 못했을 것이오. 이제야 감사를 드릴 수 있겠소."

피월려는 천천히 포권을 취했다. 그를 보곤 나지오는 하늘을 향해 입을 열고 광소했다.

너무나 큰 기쁨에.

"킬킬킬! 킬킬킬! 그래! 좋다, 좋아! 킬킬킬!"

그의 웃음소리가 잦아들자 피월려가 말했다.

"또 다른 문제가 있소. 현재 나는 전혀 마기를 생성할 수 없소."

나지오는 느릿하게 턱을 매만졌다.

"하긴 나도 그게 의문이야. 네 내공은 무단전의 무공. 어차피 기혈이고 나발이고 다 필요 없는 건데, 왜 몸이 그냥 늙었다고 마기를 전혀 생성할 수 없는 거지? 네가 내력을 모조리 빼앗겼다면 다시 극양혈마공을 익혀서 채우면 되는 거잖아?

정신적인 부분은 충분히 회복했을 터. 아직도 마기가 없는
건 말이 안 되지."

"……"

"마공을 익히지 못하는… 아니, 마기를 생성하지 못하는
이유가 뭔데?"

피월려는 나지막하게 대답했다.

"내 마음이 고요한 호수와도 같다는 천살성들의 말을 듣고
깨달았소. 그리고 오늘 확신했소. 내가 마기를 생성할 수 없
는 이유를."

순간 그가 말하는 바를 알지 못하다가 곧 깨달음이 찾아
온 나지오의 눈동자가 크게 흔들렸다.

"평정심(平靜心)… 네 무형검리는 용안의 산물이 아니었단
말이야?"

"난 용안을 잃었소. 하지만 보시오. 무형검리에 영향이 없
소. 이로써 확신할 수 있소."

나지오의 눈동자는 자연스럽게 피월려가 들고 있는 소소
로 향했다.

이 세상의 모든 것과 그것을 넘어선 것까지 베어낼 검(劍).

검이라는 단어가 생기기 전부터 존재했던, 검의 본질은 나
지오의 시선을 사로잡고 놔주지 않았다.

나지오가 중얼거렸다.

"마음으로 심검까지 이르렀으나 그 마음 때문에 마공을 익히지 못하다니… 참 지독한 모순이야. 마인의 길은 항상 그딴 식이지, 아마? 모순을 깨부수면 더 큰 모순이 기다리고 그것의 연속……."

피월려가 말했다.

"내 필요를 말하기 앞서, 나 선배에게 묻고 싶은 것이 있소."

*　　　*　　　*

돈사하의 말에 남궁서가 되물었다.

"무엇을 말이오?"

"내 망사에 걸려들고도 그리 태연하게 말을 하고 있는 걸 보면 금강불괴라도 이룬 건가?"

"남궁의 무학에는 금강불괴가 없소. 그저 뼈를 바꾸고 태를 벗었을 뿐."

"환골탈태(換骨奪胎)라… 흐음, 처음이야, 환골탈태의 고수와 싸우는 건. 그런 것치곤 외관이 젊은 축은 아닌 것 같은데?"

"반로환동은 도가(道家)에나 있는 것이지. 그 둘의 차이도 모르시오?"

돈사하는 빙그레 웃었다.

"마인이 뭐 그런 걸 어찌 알겠어. 우리야 그냥 세지고 빨라지고 정확해지면 그만이지."

"……."

"어차피 그만한 길이에 어기충사(御氣充絲)를 해봤자 내력 낭비니까, 더 할 생각 없어. 알아서 빠져나와 줘."

남궁서는 말없이 육신을 움직였다.

그러자 그의 몸에 감싸고 있던 망사가 급격히 팽창하면서 그의 움직임을 저지했지만, 역부족이었다.

결국 망사는 마치 비명과도 같은 소리를 내는 것을 끝으로 모조리 찢어지며 천 조각처럼 공중에 휘날렸다.

덩달아 상의와 하의까지도 여기저기 찢어져 버렸지만 남궁서는 신경 쓰지 않았다.

그의 육신에는 은은한 푸른빛이 흘러나오고 있었는데, 마치 후광이 비추는 것 같았다.

이는 반탄지기와 비슷한 맥락이지만 그 기운을 육신에 잡아두고 지속적으로 사용하는 것으로, 마치 검기를 검신에 잡아 어기충검을 쓰는 것과 같았다.

둘 다 같은 기의 운용이었기에 남궁서와 돈사하는 그것을 통해 내력 싸움을 할 수 있었다.

하지만 돈사하는 길고 긴 망사 전체에 내력을 불어 넣어야 하기 때문에 효율이 좋지 못해 깔끔히 포기한 것이다.

돈사하는 푸른빛으로 은은하게 빛나는 남궁서를 보며 물었다.

"환골탈태를 하면 그런 것도 할 수 있나 봐? 반탄지기를 기의 소모 없이 몸에 붙잡아두다니."

"본 가의 자랑인 천뢰기공(天雷氣功)이오. 이것으로 환골탈태를 이뤘소. 음양살마의 무공은 무엇이었소?"

그 말에 돈사하는 살짝 웃더니 말했다.

"글쎄. 딱히 이름 지은 적이 없어. 그걸 본 사람들은 모두 죽었으니까, 나밖에 모르거든. 그러니 이름을 지을 필요가 없었지."

"나는 그것을 천뢰기공으로 완전히 파훼했소. 자격이 충분하다고 생각하오만."

"들을 자격을 넘어서 지을 자격까지 있지. 궁서가 지어줘."

남궁서의 육신에서 은은한 푸른빛이 서서히 사라지기 시작했다.

그가 말했다.

"천사지망(天絲地網)."

"오, 괜찮은데?"

"참고로 남궁이 내 성(姓)이오. 서가 명(名)이고."

"알아, 궁서."

"……."

"……."

남궁서가 검을 들어 돈사하에게 겨누며 말했다.

"음양살마께서는 서서히 전력(全力)을 드러내야 할 것이오."

돈사하는 왼손에 들고 있던 망사를 하늘에 뿌리며 말했다.

"그건 내가 가진 수법 중 감히 필살기(必殺技)라 말할 수 있는 두 가지 중 하나. 하나가 파훼되어 필살을 하지 못했으니, 나머지로 상대해 줄게."

그의 말에 남궁서의 얼굴이 살짝 굳어졌다.

"그것이 두 가지 전력 중 하나였단 말이오?"

실망한 듯한 표정이다.

돈사하는 아무렇지도 않게 설명했다.

"아쉽게도 극상성을 만나 허무하게 파훼되었지만, 지금까지 그것에 당한 사람은 모조리 죽었다니까? 못 믿겠으면 천뢰기공이니 뭐니 하는 걸 안 익혔다는 가정하에 방어법을 생각해 봐."

남궁서는 그 말을 듣고 한번 상상해 보았다.

온몸을 옥죄는 그 그물로부터 벗어나기 위해선 돈사하가 처음 물어봤던 것처럼 금강불괴 정도가 아니고서야 불가능하다.

온몸으로 반탄지기를 뿜어낸다 하더라도 망사에 곁들여진 어기충사를 벗겨낼 수 있을 뿐 망사 자체를 벗어버릴 순 없기에 여전히 육신을 옥죄고 있을 것이다.

유일한 방법이라곤 강기를 온몸으로 뿜어내는 호신강기.

하지만 상대방이 버젓이 있는 가운데 호신강기를 펼쳤다간 이후 찾아오는 무력감에 손을 쓰지 못하고 죽임을 당할 것이 분명하다.

남궁서는 검을 한번 아래로 내려치며 마음을 다잡았다.

"순간 과소평가했소. 운이 좋게 상성이 작용했다는 걸 인정하지."

돈사하는 방긋 웃었다.

"하지만 그건 나도 마찬가지. 물속으로 숨을 수 없었다면, 그 검공에 꽤나 고생했겠지. 하나 남은 필살기를 펼칠 테니 이것도 막아봐."

"그럼 패배를 인정하겠소?"

"인정하는 수밖에. 그 외에 다른 수단이 없으니까. 사실 천사지망으로 끝날 줄 알았는데……."

남궁서가 잠시 뜸을 들이다 말했다.

"사실 나는 싸움이 오래 지속될 줄 알았소."

"난 근본적으로 살수야. 살수와 검객의 싸움이 오래갈 리가……."

"흐음."

"그럼 기대해."

돈사하의 신형이 점차 환영처럼 변하기 시작했다.

남궁서는 그것을 보면서도 전처럼 다가가려 하거나 혹은 검기를 쏘는 등 다른 어떤 행동도 취하지 않았다.

수공을 익힌 적이 없는 남궁서는 돈사하를 따라 물속으로 들어갈 수 없었고, 또한 암공을 펼치는 돈사하의 움직임을 따라갈 수도 없었기 때문이다.

남궁서는 검을 잡은 손아귀에 힘을 주었다.

그는 돈사하가 감히 필살기라 칭하는 그의 마지막 기술을 막아낼 수만 있다면, 분명 그 앞에 입신의 확신이 있으리라 믿었다.

그렇게 기감을 극도로 끌어올리고 돈사하의 마지막 기술을 기다리던 남궁서의 눈썹이 순간 꿈틀거렸다.

그의 기감에 수십에 달하는 무인들의 기척이 느껴졌기 때문이다.

"설마 지원이 있는 건가? 태수의 계책을 뚫고 누가?"

남궁서가 눈을 들어 서쪽을 보니, 그곳에서 강렬한 마기를 뿜어내며 다가오는 수십 명의 마인들이 보였다.

흑룡대였다.

남궁서의 입술이 비틀어졌다.

"음양살마… 천생 무인인 줄 알았다만 역시 살수는 살수. 흑도인은 흑도인이군. 이것을 기다린 건가… 좋다. 이 정도의 시련도 겪지 못하면 신이라 할 수 없지!"

그는 마음속에서 피어나는 배신감이나 두려움을 완전히 지워냈다.

그러자 오로지 투지만이 그 안에서 한껏 더 불타오르기 시작했다.

\*　　　　\*　　　　\*

"물어봐."

나지오의 잔잔한 눈빛은 마치 이미 피월려의 질문을 아는 듯했다.

피월려가 물었다.

"나 선배께서 처음부터 다시 내공을 익혔다는 뜻은, 역혈지체를 버리셨다는 말이오?"

나지오는 고개를 끄덕였다.

"맞아. 철소(撤消)했지."

"그리고 화산파의 정공으로 다시 익힌 것이오?"

"응."

"그럼 그 짧은 시간에 무에서부터 다시 정공을 쌓아 반선 지경에 이르신 것이 어찌 가능했소?"

나지오는 어깨를 한번 들썩였다.

"역혈지체를 철소하는 과정은 고통스러워. 게다가 내 경우에는 정석적인 방법이 아닌 화산파의 정기를 이용해서 깡으로 철소한 거라, 기혈이 너덜너덜해졌지."

"……"

"실제로 죽었었어, 몇 달 정도. 땅속에 처박힌 채 송장처럼 있었지. 하지만 결국 살아났어. 철소하는 과정 중에 우연치 않게 임독양맥을 타통하여 생사혈관을 뚫었거든. 때문에 숨을 쉬지 않고도 육신이 살아 있을 수 있었지."

피월려는 임독양맥이니 생사혈관이니 하는 정공의 개념을 어렴풋이 알 뿐이었다.

하지만 그 길 끝에 환골탈태가 기다리고 있다는 것은 상식이었다.

피월려가 말했다.

"그보다 전에 마공으로 반선지경에 올랐을 때는 환골탈태를 이루지 못했소?"

"그때도 이뤘어. 하지만 역혈지체의 형태로 이룬 것이지. 임맥과 독맥이 뒤바뀐 채로 말이야. 하지만 철소의 과정에서 다시 막혔는데, 그게 또 뚫어진 거야. 죽음이라는 놈을 통해서."

"……."

피월려가 말이 없자 나지오가 싱긋 웃었다.

"깊겐 들어가지 말자고. 어차피 네 무학으론 알 필요도 없는 거니. 하여간 그렇게 되살아나서 깨어나 보니, 옆에서 정충이 날 기다리고 있었지. 차가운 시신이 된 채로."

"……."

"화산파 같은 백도의 대문파는 모두 같은 내공심법을 익히기 때문에 서로 기를 전달하는 것이 굉장히 수월해. 때문에 수명이 다 할쯤 스승이 제자에게 내력을 전가하는 경우가 많은데, 이를 격체전공(隔體傳功)이라 하지. 정충은 자기가 가진 모든 내력을 내게 쏟아부었어. 때문에 새로 깨어난 내 몸속엔 일 갑자가 훌쩍 넘어가는 내력이 있었지. 깨달음은 이미 있었고… 뭐, 그래서 바로 이렇게 반선지경이야."

"엄청난 기연을 겪으셨소. 정충이 그런 일까지 했을 줄은 몰랐소."

"화산파를 누구보다도 생각하는 사람이었어. 화산파의 미래를 위해 동생의 원수에게 생명까지 내어줄 정도니. 그의 내력에 담긴 순수함은 차마 말로 표현하지 못해. 화산파 정기를 그대로 보존해서 압축시킨 듯한… 정말로 정충이 어떤 사

람인지 그의 내력을 통해서 알 수 있었지. 그리고 그의 순수
한 뜻도. 얼마나 순수한지, 나같이 세상 물정에 썩어버린 놈
의 생각조차도 바꿀 정도였어."

"……."

"질녀가 많이 울었지. 정충의 유언을 말해줬어. 어차피 공
짜로 얻은 삶이니 앞으론 그걸 따르기로 마음먹었다. 그것이
내가 할 수 있는 유일한 속죄야."

"그래서 쾌의당을 만든 것이오?"

"아직 가명이야."

"하하하."

피월려의 웃음에 이번에는 나지오가 물었다.

"그래서 반로환동을 할 생각이긴 한가 봐?"

"조건이 충족되면 그럴 생각이오."

"왜? 늙은 몸이 싫어? 아니면 눈이 안 보이는 것이 문제야?"

나지오의 질문에 피월려는 순간 대답하지 못했다.

당연히 반로환동은 해야 한다고 믿고 있었기에, 그 자체에
대한 의문을 선뜻 받아들이기가 어려웠기 때문이다.

피월려는 대답 대신 질문을 던졌다.

"나 선배가 보시기엔 반로환동을 하지 않는 것이 좋은 것
같소?"

나지오는 피월려를 위아래로 찬찬히 살펴보며 말했다.

"그건 아닌데, 별 차이는 없으니까."

"……."

"늙은 몸이니 젊은 몸이니, 눈이 있는 것이니 없는 것이니… 뭐 그게 중요한 수준인가? 아니잖아? 왜 젊은 몸에 집착하는데? 아니면 수명에 집착하는 거야? 그 정도의 수준에 머물러 있어 보이진 않는데?"

"그야……."

나지오는 대수롭지 않다는 듯 머리를 긁적였다.

"하려면 해. 아무래도 체력은 확실히 좋아지니까. 하지만 그만한 대가가 있어."

"무슨 대가 말이오?"

"혈기(血氣). 젊은 육신에서 나오는 왕성한 혈기는 반선지경의 깨달음으로 인해 평점심을 얻은 마음의 수련을 방해해. 검선을 보면 잘 알겠지."

"……."

"반선지경의 수준에 이르면 인간이 인간으로 느껴지지 않아. 손짓 발짓 하나에 죽어나가는데 파리랑 다를 것이 뭐야? 애초에 살아 있는 것과 죽은 것의 차이는 뭐고? 그러니 오로지 마음을 다해서 의식적으로 인성을 느껴야 해. 전에는 당연히 느껴졌던 생명의 소중함을 마음이 아닌 머리로 생각해야 한다고. 거기에 혈기까지 왕성해 봐. 어떨 거 같아? 그냥

다 쓸어버리고 싶지."

"……."

나지오는 찬찬히 밤하늘로 시선을 가져가 밝은 보름달을 바라보며 턱하니 숨을 내쉬었다.

"하아. 정말 그냥 다 쓸어버리고 싶어. 실제로 가능성이 없는 것도 아니고. 내 검으로 모든 문제를 해결하는 것이 가장 간단하고 쉬운 것이라는 것도 누구보다도 잘 알지. 그냥 이 검을 휘둘러 세상을 바꿔 버리고 싶단 말이야."

피월려는 고개를 흔들었다.

"그래선 안 되오. 황룡검주도 그러했고, 검선도 그러했소. 하지만 그들은 그 광오함 때문에 반선지경에 이르렀어도 죽음을 맛봤소."

"그러니까. 근데 그 둘의 공통점은 뭐였는지 기억나?"

반로환동이다.

피월려는 그것을 알고도 대답하지 못했다.

낙양에서 정충이 검선에게 놓았던 충고가 기억났다.


"맹주야말로 반로환동한 육신의 왕성한 혈기를 다스리지 못하면, 나이가 무색한 실수들을 범하게 될 것이오. 젊은 육신에 이점만이 있다고 생각한다면 오산이오. 늙은 외관을 하고 있는 모든 도교와 불교의 신들이 반로환동을 하지 못해서 안 한 것이겠소?

아니면 젊음을 되찾은 육신의 혈기가 깨달은 도를 방해하기 때문이겠소? 정신과 육신은 따로 생각할 수 없소, 검선. 그깟 젊음을 더 얻고자 성숙한 정신까지 포기하는 어리석은 짓을 할 바에야 노망이 들어 죽는 게 낫겠소. 적어도 타인에게 해를 끼치진 않을 테니 말이오."

피월려가 말없이 회상하는 사이 나지오가 말을 이었다.

"젊음을 되찾는 일이 왜 그리 중요해? 그토록 허무하기 짝이 없는 짓이 어디 있다고?"

지금까지 가만히 그들의 대화를 듣고 있던 황만치는 눈을 감았다. 도저히 그들의 대화를 따라갈 수 없었기 때문이다.

그는 언제든지 젊음을 되찾을 수 있을 정도의 지고한 경지에 이르러서는 왜 젊음을 되찾아야 하는지 논하고 있는 두 신선의 논쟁에 감히 끼어들 자신이 없었다.

피월려는 고심했다.

고심하고 또 고심했다.

하지만 나지오의 말대로 반로환동해야 하는 이유를 찾을 수 없었다.

그런 허무한 것을 원하기엔 그의 마음의 경지가 너무 높았다.

그러다 문득 뇌리를 스치는 한마디가 있었다.

피월려는 힘없이 웃었다.

"부탁이 있었소. 반로환동하라는."

"뭐?"

"늙은 건 아무래도 좀 그렇다고 해서 말이오."

"……."

나지오는 피월려를 마주 보았다.

피월려는 눈을 감고 있었지만 나지오는 분명 피월려가 자신을 보고 있다고 느꼈다.

피월려가 물었다.

"도와주실 수 있소?"

나지오는 피식 웃으며 박수를 짝 하고 한 번 쳤다.

"뭐, 네가 원한다면야. 하지만 약속 하나 하자. 네가 젊은 육신의 혈기를 주체 못 하면 주저 없이 널 벨 거야. 알겠냐?"

"물론이오."

"그래, 뭘 도와줄까?"

피월려가 말했다.

"사천으로 가야 하오."

"사천? 거긴 왜?"

"내 생각대로라면… 그곳만이 내가 반선지경에 들 수 있는 유일한 곳이오."

나지오의 표정은 의문으로 물들었다.


                    *            *            *


왜지?

왜 처음부터 스스로를 공중에 노출시키면서 강기를 뿜어
내지?

눈앞에서 한줄기 빛처럼 쏟아지는 권태(拳颱)를 보며 시록
쇠는 항상 품어왔던 의문이 다시금 고개를 드는 것을 느꼈
다.

악누의 싸움법은 잘 알려져 있지 않았다.

그가 직접 손을 쓰는 경우가 드물기도 했고, 본인도 목격
자를 남기는 걸 싫어했기 때문이다.

시록쇠도 누군가 그에게 불복하고 생사혈전을 청했을 때,
참고인으로 우연치 않게 보게 된 것이 처음이었다.

그 이후로도 손에 꼽을 정도지만, 악누의 전심 어린 싸움
을 지켜봤던 시록쇠는 이후 항상 그 의문을 품었었다.

우선 몸을 공중에 스스로 띄운다는 것 자체가 어리석은
짓이다.

공중에선 땅만큼 자유롭게 몸을 운신할 수 없고, 운신하

려면 막대한 내력을 들여 간접적인 반발력으로 하는 수밖에 없다.

게다가 처음부터 강기를 발경하는 것도 웃긴 짓이다.

권태라고 해서 절대 권풍보다 빠르진 않다. 권풍을 피할 수 있다면 권태도 피할 수 있는 것이고, 처음 공격은 당연하지만 피하기 너무 쉽다.

싸움을 시작하기 전엔 만반의 태세를 갖추고 있으니 말이다.

이토록 비효율적인 두 가지 행동으로 싸움을 개시하는 악누의 싸움법은 오랫동안 시록쇠에게 해결할 수 없는 문제로 남았다.

물론 마지막엔 상대방의 머리나 가슴을 주먹으로 관통해 버리는 것으로 싸움을 끝내는 것을 보며 악누의 무위가 자신보다 뒤떨어진다곤 생각하지 않았다.

다만, 그 첫 초식(招式)이 너무나 비효율적이라는 생각을 지울 수 없던 것이다.

하지만 오늘 그는 그 의문을 해결할 수 있었다.

자기가 뿜어낸 권태 뒤로 바짝 따라오는 악누의 시선은 시록쇠의 발을 바라보고 있었기 때문이다.

시록쇠가 당연히 피할 것이라 생각하고 그 뒤에 움직임을 예측하여 즉시 거리를 좁히려는 속셈이 분명했다.

그러고 보면 악누와 생사혈전을 했던 모든 상대들도 악누가 처음 뿜어낸 권태를 보법을 밟아 회피했다.

이는 당연하다. 피할 수 있는 강기다발을 뭐 하러 맞상대 하겠는가?

시록쇠는 양손으로 그의 철도를 잡았다.

그러곤 아래에서 위로 반월처럼 휘두르며 철색(鐵色)의 도강(刀罡)을 뿜어냈다.

이에 악누의 눈빛에서 이채가 서렸다.

절정 혹은 지마급 고수들은 항상 주어진 상황에서 최고의 효율적인 움직임을 보여준다.

하지만 초절정 혹은 천마급 고수들은 오히려 비효율적인 움직임도 많이 보이는데, 그 이유는 바로 당장의 상황뿐만 아니라 싸움 전체를 놓고 봤을 때 오히려 그것이 효율적인 움직임이 되기 때문이다.

아니, 그렇게 되도록 자신들이 만든다.

그것이 절정과 초절정 혹은 지마와 천마의 간극이라 말할 수 있다.

순간순간의 효율이 아닌 싸움의 전체적인 효율. 그로 인한 변칙성이다.

콰— 쾅!

도강과 권태가 충돌하며 굉음을 내었다.

악누는 그 속으로 그대로 빨려들어 가듯하며 전신으로 호신강기를 내뿜었다.

그리고 그와 동시에 시록쇠 또한 호신강기로 맞상대했다.

쿠구궁!

천지가 개벽하는 소리가 두 육신에서 사방으로 퍼져 나갔다.

그들의 위로 나 있던 상록거수의 가지들이 돌처럼 부서졌고 나뭇잎은 모조리 타올라 재가 되었다.

그들의 싸움을 지켜보던 천살성들은 보법을 펼쳐 뒤로 물러나면서 두 호신강기의 충돌로 인한 여파에서 벗어났다.

그 폭풍의 중심에선 악누와 시록쇠가 서로를 똑바로 바라보고 있었다.

그들의 거리는 대략 삼 척. 권경(拳境)과 도경(刀境)의 중간 지점이었다.

악누의 오른손은 이미 뒤로 뻗어 있어 당장에라도 앞으로 쏘아질 듯했다.

허리도 적당히 꺾여 있는 것이 그 주먹엔 악누의 모든 무게가 담겨 있는 것이 분명했다.

시록쇠는 오른손을 뒤로 뺀 채 도 자루를 잡고 있었고, 왼손으론 마치 도를 안고 있는 것처럼 도신의 한가운데를 쥐고 있었다.

그럼에도 불구하고 그 철도는 그 거대함 때문에 한참을 더 뻗어 있었다.

먼저 악누의 주먹이 시록쇠의 얼굴을 향해 떨어졌다.

쉬이익—!

호신강기를 뿜어낸 직후라, 그 주먹에는 어떠한 내력도 있지 않았다.

하지만 주먹 그 자체에 담긴 힘은 사람의 뼈를 부숴 버릴 만큼 강대했다.

시록쇠는 태연한 표정으로 도를 잡고 있는 오른손과 왼손을 살짝 움직였다.

정말 미세한 움직임으로 거의 새끼손가락의 위치만 살짝 바뀌었을 뿐이다.

하지만 그 움직임이 도신을 타고 흘러 그 끝에 도달했을 때는 믿을 수 없을 만큼 빠르고 큰 움직임으로 확장되었다.

그렇게 악누의 주먹이 시록쇠의 얼굴에 다가가는 도중, 정확히 그 사이에 시록쇠의 도 끝이 스리슬쩍 고개를 내밀었다.

갑자기 튀어나온 도 끝은 아무것도 모르는 순수한 어린아이가 어른들의 술판이 궁금하여 몰래 엿보려고 고개를 내민 것 같았다.

하지만 그 뾰족함은 어떤 것도 꿰뚫어 버릴 야수의 거대한 송곳을 닮아 있었다.

그대로 주먹을 뻗었다간 도 날에 그대로 두 조각이 될 것 같았다.

악누는 이를 악물고 주먹을 그 궤도에서 비켜냈지만, 이에 맞춰서 시록쇠가 도를 비틀었다.

통—!

맑은 공명음이 도신에서 울렸다.

악누의 주먹이 도신을 가격한 것이다.

반발력을 느낀 악누는 그것을 받아 다시금 왼손으로 주먹을 준비하여 내질렀다.

검이나 도를 휘두르기 위해선 한 번의 공격당 한 번의 회수가 필요한 데 반해, 두 주먹은 번갈아가며 때릴 수 있는 장점을 최대한 살린 것이다.

시록쇠의 양손 새끼손가락이 또다시 작게 움직였다.

그러자 역시 이번에도 그 움직임이 점차 도 끝으로 움직이며 확장되었고, 악누의 왼손이 다가오는 그곳으로 순식간에 움직였다.

악누는 입술에 피가 나도록 이를 악물곤 다시 왼손을 비켜 쳤지만, 또다시 도신을 때리게 되었다.

통—!

쉬이익!

도 끝이 그 공명음과 함께 앞으로 치고 나왔다.

마치 뱀이 먹이를 먹으려는 것처럼 흔들흔들하며 앞으로 나오는데, 악누의 눈에는 마치 두세 개의 도가 겹쳐져서 보이는 것 같았다.

악누는 단전에 그나마 차오른 적은 양의 내력을 동원하여 뒤로 보법을 펼쳐 달아났다.

그리고 악누의 몸이 우뚝 멈췄을 때, 그를 따라오던 도 끝 또한 악누의 미간 코앞에서 멈춰 섰다.

악누와 시록쇠는 동시에 상대에게 감탄사를 내뱉지 않을 수 없었다.

시록쇠가 말했다.

"그 짧은 순간에 회복한 그 적은 내력으로 보법을 펼치나? 대단하군. 환갑이 넘은 몸이 맞아?"

악누도 말했다.

"도 끝이 살아 있는 것 같군. 그 근거리에서 내 주먹의 속도를 따라오다니."

서로의 실력을 몸소 느낀 그 둘의 눈빛에 갑작스러운 투기가 피어올랐다.

아니, 살기였다.

둘은 동시에 오른발을 뻗어 상대방의 왼쪽을 잡았다.

하지만 같은 행동을 하니 중심을 돌듯 하며 달라진 것이 없었다.

이번에는 서로의 왼발이 뒤로 움직이면서 허리를 틀었는데, 역시 같은 행동을 하니 거리는 그대로였다.

판박이처럼 움직인 그 둘은 생각 또한 같았다.

앞으로 나가 공세를 이어나갈 것인가, 뒤로 빠지며 내력을 회복할 것인가?

악누는 둘 다 나쁘지 않았다.

만약 공세를 이어갈 경우, 호신강기를 분출한 이후 찾아온 무력감 속에서 싸우는 것에 그만큼 익숙한 사람은 없다.

게다가 권법이란 것이 한번 거리를 잡고 공세를 이어나가면 어떤 외공보다 빠른 타격으로 적을 죽일 때까지 몰아붙일 수 있다.

만약 거리를 벌릴 경우, 역시 회복하는 것도 그가 빠르다. 그는 육신과 기혈, 그리고 심력의 탈진 속에서 서로 견재하며 은밀히 회복하는 데 있어서 도가 튼 사람이다.

시록쇠 역시도 둘 다 나쁘지 않았다.

만약 공세를 이어갈 경우, 내력이 없다는 가정하에 꽉 쥔 주먹보다는 시퍼런 도가 유리하다.

그리고 그의 도법은 도를 끌어안는 형태로 도 끝만 움직이는 것도 가능하여 근거리에서도 권법만큼 위력을 발휘한다.

만약 거리를 벌리는 경우, 그는 즉시 권경에서 벗어나게 되어 이 또한 이점으로 작용한다.

그러면 원래대로 도를 다루면서 그 거리를 무한정 유지할 경우, 필히 기회는 찾아올 것이고 그때 일격필살(一擊必殺)의 도법을 펼치면 승리할 수 있다.

둘은 그것을 파악했고, 서로가 파악했다는 것을 파악했으며, 서로가 파악했다는 것을 파악했다는 것조차도 파악했다.

그리고 그 고리가 무한하게 이어지며 세상의 시간이 느려지고 생각의 속도가 가속되었다.

감히 찰나라 부를 수 있는 그 짧은 순간, 황홀경에 이른 그 둘의 마음속에서 심투(心鬪)가 시작됐다.

시전악전.

시전악후.

시후악전.

시후악후.

네 가지 가능성 중 가장 유리한 것이 무엇인지 알기 위해 그 둘은 수없이 많은 심투에 임했다.

수십 번이고 죽고 수백 번이고 죽여가며 최고의 수를 찾기 위해서 모든 것을 쏟아부었다.

그들의 마음이 한계에 달해 현실로 돌아왔을 때 둘의 행동이 처음으로 갈렸다.

시후악전!

시록쇠는 뒤로 홀쩍 뛰었고, 악누는 그대로 달라붙은 것이다.

때문에 그 둘의 거리가 전혀 바뀌지 않았다.

시록쇠의 표정이 살짝 굳었고, 악누의 입꼬리는 조금 실룩였다.

악누는 그나마 쥐어짠 내력을 주먹에 담아 정권으로 내질렀다.

최단거리로 빠르게 날아가는 주먹은 어떠한 변화도 내재되어 있지 않았지만 딱 하나, 피할 수 없는 속도를 가지고 있었다.

시록쇠는 도 끝을 그곳 주먹에 가져가며 도신에 내력을 불어넣었다.

애초에 막으라고 뻗은 정권이니 막을 수밖에 없었기 때문이다.

캉―!

내력이 담긴 도와 주먹이 부딪쳤다.

악누와 시록쇠는 이로써 그나마 차올랐던 내력을 모두 소진했다.

악누의 입꼬리가 더욱 위로 올라갔다.

"시가 놈! 당황했느냐!"

시록쇠는 오른쪽 아래에서 얼굴을 향해 올라오는 악누의 왼 주먹을 보았다.

하지만 내력의 충돌로 인해 도가 무거워져 전처럼 제때에 맞춰 도 끝을 주먹의 궤도로 가져갈 수 없었다.

그는 대신 왼손을 크게 움직여 도파(刀把)의 끝을 주먹의 궤도에 넣었다.

주먹이 도의 밑 부분을 올려쳤다.

팍!

시록쇠의 손아귀에서 도가 미끄러지듯 하늘 위로 솟아올랐다.

악누 역시도 자기가 시록쇠의 도를 쳐냈다는 느낌을 받았다.

하지만 악누의 표정은 좋지 못했다.

주먹질 한 번에 도객이 도를 놓쳤다?

그게 이렇게 쉬울 리가 있나?

악누는 순간 그의 머릿속을 파고든 의심에 잠시 머뭇거렸다.

그리고 그것이 그를 살렸다.

시록쇠의 왼발이 중심축이 되어 갑자기 빙글 돈 시록쇠의 오른발이 악누의 코앞을 크게 훑었기 때문이다.

스윽.

간담이 서늘해진 악누는 자기도 모르게 한 걸음 뒤로 물러났다.

눈으로 쫓을 수 없는 속도로 지나간 발은 피부를 미세하게 훑었고, 웃음기가 사라진 악누의 코끝에 작은 핏방울이 맺혔다.

회전하는 몸을 서서히 멈춘 시록쇠는 왼손을 뒤쪽으로 꺾으며, 반쯤 무릎 꿇듯이 앉았다.

그리고 때마침 회전하며 떨어지는 도를 왼손으로 잡았다.

마치 완전한 우연인 것처럼, 자루가 그의 왼손에 쏙 안겨왔다.

곧 시록쇠와 도의 회전이 서서히 느려지더니 동시에 멈춰섰다.

주변의 바람까지 한 몸인 것처럼 조화를 이루며 한 폭의 그림을 만들었다.

악누가 말했다.

"도첨마무(刀尖魔舞)… 네놈은 도법(刀法)을 익힌 것이 아니라 도무(刀舞)를 익혔다 들었느니라. 도무에는 각법(脚法)까지 있구나!"

시록쇠는 눈을 감은 채 받은 도를 위아래로 곱게 휘두르더니 그것을 아이처럼 그의 품으로 부드럽게 가져가며 말했다.

"노부가 익힌 건 단 하나, 철령도첨살마무(鐵靈刀尖殺魔舞). 거기엔 도법도 없고, 각법도 없다. 오로지 춤사위만 있을 뿐."

"……"

"거리를 벌린 건 실수다, 악가 놈. 노부의 발에 맞는 한이 있더라도 육참골단(肉斬骨斷)의 기세로 공세를 유지했다면, 필히 이겼을 터. 하지만 이젠 다시 장담하지 못하리라."

악누는 입술을 비틀더니 말했다.

"새로운 것을 봐서 당황했을 뿐이다. 하나 온갖 술법까지도 겪은 본좌가 간파하지 못할 춤사위 따위는 없지."

"클클클! 이번에는 노부가 먼저 가주마."

시록쇠는 동그랗게 원을 그리며 발을 뻗었고, 빙글 몸을 돌려가며 거리를 좁히기 시작했다.

그 특이하고도 비효율적인 움직임을 본 악누의 얼굴엔 의문이 피어나기 시작했다.

그의 얼굴은 마치 처음에 시록쇠가 지었던 그 표정과 비슷했다.

*         *         *

나지오는 자신의 의문을 그대로 물었다.

"사천에?"

"안 그래도 가려 했으나, 수단이 없었소. 하지만 이젠 나 선배께서 나를 사천에 데려가 줄 수 있으니 부탁하는 것이오."

"아니, 그보다 사천에 뭐가 있는데?"

"내 마기를 대신할 것이 있소. 평정심으로 인해서 스스로 마기를 생성할 수 없으니, 외부를 통해서 얻는 수밖에 없소. 그를 통해서 반로환동을 하고자 하오."

"……"

피월려는 정확한 답변을 하지 않았다.

나지오는 캐묻고 싶어졌지만, 피월려가 말하려고 하지 않는 이상 강요하고 싶지 않았다.

피월려가 물었다.

"가능하겠소?"

나지오는 눈빛을 빛냈다.

"이미 가능하다는 걸 알면서 묻는 거잖아?"

"하하하. 그렇긴 하오."

"내가 사천과 연결됐다는 건 어떻게 알았어?"

피월려는 옅은 웃음을 띠우곤 말했다.

"가주께서 사천에서 어떻게 독물들을 가져올 수 있었는지 생각해 봤을 뿐이오. 천포상단에서 운반을 해준다고 해도 사천 지역의 백도에서 가만히 그걸 지켜보고만 있었다는 건, 조율이 된 건가 해서 말이오. 그런데 혹 천포상단도 쾌의당에 입당한 것이오?"

"아직 고려 중. 그리고 그거 가명이라니까."

그렇다면 천포상단주 패천후가 돈사하와 거래한 이유는 다른 데 있다.

피월려는 잠시 그 의문을 접으면서 말했다.

"그럼 제대로 명칭이라도 지으시오."

나지오는 황만치를 돌아보며 말했다.

"각각 당원들의 명칭에 목(目)이 들어가니까, 그냥 목당(目黨)이라고 하자."

"……"

"……"

피월려와 황만치가 동시에 나지오의 시선을 회피했다. 나지오는 짜증을 부리며 말했다.

"참 나, 됐어. 별생각 없으면 그냥 목당이라 해."

"……"

"……"

"그래서 하고 싶은 말은 뭔데?"

피월려는 몇 번 헛기침을 한 후 말했다.

"화산파가 주력으로 있는 무림맹 세력은 제이군(第二軍)일

것이고, 이는 서쪽의 백도문파들이 결집한 것으로 추측되는데, 맞소?"

"아미파와 청성파까지 있지. 지금 천마신교의 영향 아래 있는 사천당문을 포함한 현천가의 세력과 휴전 상태에 있어. 제일군의 패배로 일단 물러나고 있는 추세지. 마도천하(魔道天下)가 되기 일보 직전이니까."

"제이군의 수장이 바로 나 선배이오?"

"대외적으론 우리 장문인으로 알려져 있지. 고놈 참 내 말 잘 들어서 좋아. 참고로 그놈도 목당의 당원이다. 호칭은 화목(華目)이야."

"그럼 무림맹의 잔류 세력은 이미 나 선배의 손아귀에 들어왔다고 해도 과언이 아니겠소."

"그렇긴 한데 개인적으로 그 표현이 좀 그렇다? 응? 손아귀라니. 으응?"

나지오의 질척이는 되물음에 피월려는 단호하게 고개를 흔들었다.

"자잘한 건 신경 쓰지 마시오."

"흐음. 그래?"

"하여간, 나 선배께서는 백도의 정점에 이르신 것이 맞소?"

"그냥 백도가 아니라 나약해질 대로 나약해진 백도겠지.

소림파도 무당파도 다 작살나고, 그나마 남은 화산파에서 운좋게 입신에 이르렀을 뿐이야. 이젠 검선의 그림자로 그나마 유지되던 무림맹의 제일군도 와해되었으니, 정말 암울하기 짝이 없는 상황이지. 소림파가 무너지고 능수지통과 검선이 반목한 게 너무 컸어."

나지오의 한탄에 피월려는 그가 진심으로 중원을 걱정하는 것이 느껴졌다.

때문에라도 피월려는 묻지 않을 수 없었다.

"그럼 이번엔 내가 나 선배에게 묻겠소."

"더 뭘?"

"나 선배께서 생각하는 협은 무엇이오?"

그 질문이 피월려의 입에서 떨어지고 나서 한참 동안 선착장에는 침묵이 맴돌았다.

꽤 오랫동안 밤의 찬 공기를 실은 바람만이 서늘하게 불고 있었다.

피월려가 다시 물으려 할 때쯤, 나지오가 박수를 쳤다.

"아, 그냥 그건 나중에 하는 게 좋겠어."

"……"

"협이 뭔지 논하려면 오늘 하룻밤을 다 써도 못 끝낼 거니까, 차라리 그런 이야기는 전부 모아서 나중에 시간 많을 때 하자고. 어찌 됐든 기본적인 의문들은 풀린 거 같으니까, 난 가볼게."

나지오는 휙 몸을 돌렸다.

그 소리를 들은 피월려는 얼빠진 표정을 지었다.

"가, 갑자기 어딜 가시오?"

"나는 호수 쪽으로 갈 테니까, 너는 천살가로 가라. 가서 남은 천살성들을 진정시키고 내 쪽으로 인도해. 그래도 가족이라 생각했던 자들을 죽인 뒤라 정신 상태가 꽤나 말이 아닐 거야. 합류한 뒤에 다시 보자."

피월려는 막 경공을 펼치려는 나지오를 말로 간신히 막았다.

"다짜고짜 무슨 말이오? 아, 아니, 그보다 내게 천살성이 뿜어내는 살기를 잠재울 방도가 어디 있소?"

나지오는 당연하다는 듯 마지막 말을 남겼다.

"검으로 검을 베는 것처럼 해. 그러면 되지. 네가 잘하는 거잖아?"

"……."

탓.

가벼운 발소리를 남기고 나지오는 훌쩍 떠나 버렸다.

제일백팔장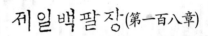(第一百八章)

"크악."

단말마가 한 번 더 터지니 흑룡대주 신균의 미간에 주름이 하나 더 생겼다.

팔자(八)에서 내천 자(川)가 된 그의 이마를 흘겨본 단시월은 팔짱을 끼며 앞을 보았다.

"눈에 보이지 않는다는 표현이 저런 거라는 걸 이제 알겠습니다아. 한 번 번쩍일 때마다 몸이 둘이 되네."

그의 말을 들은 신균의 마기가 꿈틀대듯 일렁였다.

그는 흑룡대주로 오랜 시간 군림하며 싸움에 미친 귀신들을 데리고 전 중원을 누볐다.

대천마신교의 유일무이한 특공대의 대주답게, 오로지 적을 죽이고 문파를 멸문시키는 작전에만 투입되어 수없이 많은 자들을 도륙했다.

그가 이미 천마에 이르렀다고 믿는 사람들도 수두룩했고, 실제로도 그러했다.

다만, 귀찮은 정치적인 일보다 싸움을 좋아하는 그는 명령을 받는 위치에 있다 할지라도 피 튀기는 싸움을 포기하고 싶지 않았다.

그는 흑룡대 전원을 움직여야 하는 일에는 어김없이 참여해 진두지휘했다.

그는 평소에도 대원들과 생사혈전을 방불케 하는 비무를 거리낌 없이 하는 싸움광으로 알려져 있었다.

하지만 실은 각자 개성이 강한 흑룡대를 하나로 지휘하기 위해서 각자의 개성을 정확하게 이해하고자 하는 일이었다.

그 정도로 그는 흑룡대의 일을 사랑했고, 흑룡대주로서의 자신의 위치를 사랑했다.

그런 그의 휘하에 든 흑룡대는 무적이었다.

성음청을 따라 소림파를 멸문시키는 데 가장 크게 기여한 사람이 바로 그다.

그 전에도 소리 소문 없이 잿더미가 된 수많은 문파들 중 그의 손이 미치지 않은 곳이 거의 없었다.

하지만 최근 들어 그 위치가 많이 격하되었다.

낙양에서 패배하여 본부로 돌아올 때의 쓴맛을 그는 아직 잊지 못했다.

성음청과 후빙빙이 죽고, 신물주의 행방이 묘연하여 명령 체계가 완전히 붕괴된 그가 할 수 있는 일은 많이 없었다.

머리가 죽었는데 손이 무엇을 한단 말인가?

하지만 그 패배의 책임을 누구보다도 크게 통감했다.

그렇게 술로 시간을 보내던 중, 흑백대전이 발발하여 무림 맹의 제일군이 십만대산에 코앞까지 왔을 때 그의 얼굴은 다 시 혈색을 되찾았다.

그는 흑백대전에서 활약하여 위상을 다시 드높일 생각을 했다.

하지만 그의 눈앞에서 십여 명의 초절정고수들을 개구리 로 바꿔 버린 미내로의 술법에 지독한 허무감을 맛보았다.

그 이후 잔당들을 도륙하는 건 아무런 보상도 되지 못했 다.

그러고 나서 처음 있는 임무.

천살가주 음양살마를 척살하고, 피월려를 강제 소환하라.

그는 피가 들끓는 것을 느꼈다.

천살가주를 척살하라니? 마교 역사상 지금까지 어느 역대

교주도 그런 화끈한 명령을 내린 적이 없다.

다른 천마오가를 건드린 교주들은 간간이 있었다. 하지만 호법원에 직접적으로 고수를 공급하는 천살가를 건드리다니?

그는 그 정도로 미친 명령을 살아 있는 동안 받을 수 있는 것을 축복이라 여겼다.

그리고 도착한 호수 위.

그곳에서 기다리고 있던 남자는 남궁세가의 가주 창천호검으로 추측되고 있었다.

창천호검은 다짜고짜 흑룡대와 싸움을 개시했다.

그가 내뿜는 기세에 흥분한 흑룡대원들은 명령을 반하고서라도 싸울 것이 뻔했기에, 신균는 하는 수없이 그를 죽이라는 명령을 내렸다.

그를 빠르게 정리하고 음양살마를 찾는 것이 좋겠다는 생각이었다.

그런데 쉽게 정리될 줄 알았던 창천호검은 흑룡대원의 합공에도 부상 하나 입지 않았다.

오히려 놀랍기 그지없는 쾌검으로 한 명을 죽이더니, 벌써 세 명까지 그의 검에 당해 명을 달리했다.

신균은 윗옷을 벗었다.

그리고 몸에 칭칭 감은 사슬낫을 천천히 풀기 시작했다.

그것을 본 단시월이 그에게 물었다.

"천살가주를 위해 힘을 아낀다고 하지 않으셨습니까? 흐음. 하긴 저 백도 놈이 좀 세긴 한가 봅니다."

신균은 서서히 마공을 운용하며 말했다.

"넌 여기서 주변을 살펴 천살가주의 위치를 가늠해라. 어차피 합공의 합 자도 모르는 네놈이 가세해 봤자 방해만 되니까."

단시월은 혀를 쭉 하고 내밀더니 입술을 빙글 핥곤 말했다.

"흐음. 솔직히 전 저 쾌검을 피할 재간이 없어서 그 말만을 기다렸습니다아."

"……."

"다녀오시지요."

신균은 오른손에는 사슬낫을 들고 왼손에는 추를 빙글빙글 돌리면서 경공을 펼쳐 앞서 나갔다.

그가 다가오는 것을 느낀 흑룡대원들은 천천히 남궁서의 검경에서 멀어지며 포위를 넓게 했다.

숨 쉴 새도 없이 공격을 회피하던 남궁서는 더 이상 공격이 없자 여유를 찾고 서 있는데, 그에게 무시무시한 마기를 뿜어내는 존재에게 자연스럽게 눈이 갔다.

"자네가 이들의 수장이군."

신균이 말했다.

"우리가 누군지 아는가?"

"오십여 명의 절정고수를 보유한 집단은 전 중원에 하나밖에 없지. 게다가 마공을 쓴다면 더 말할 것도 없고. 흑룡대가 아니겠는가?"

"잘 아는군. 나는 흑룡대주 신균이다."

"창천호검 남궁서일세."

"초절정이라면 우리 아이들이 충분히 상대할 터인데, 벌써 셋을 죽였으니 그보단 이상이군. 하지만 입신까진 아니야."

"흐음, 그 사이에도 간격이 있던가?"

"장담하건대, 나만큼 많은 초절정고수를 상대해 본 사람은 전 중원을 통틀어도 없을 것이다. 내 경험상 절정 이후부턴 간격이 애매하지. 딱딱 떨어지지 않아. 하지만, 다른 건 몰라도 그 쾌검만큼은 입신의 그것이군. 그 검법의 이름이 뭐지?"

"고혼일검."

"아, 기억나. 남궁 새끼들이 잘 쓰는 거였지. 내 알기론 전 신내력을 모조리 쏟아부어서 사용하는 최후의 일격쯤으로 알고 있는데, 그걸 남발하네? 환골탈태를 이루어 내력이 무한하기에 그런 것인가?"

"……"

남궁서가 아무런 말을 하지 않자, 신균은 고개를 한 번 끄덕였다.

"파악은 끝났다. 다른 검공으론 대원을 죽이진 못해. 오로지 그 고혼일검만이 입신의 그것이고, 환골탈태를 이룬 몸으로 무한정 쓰니 그걸로 입신의 무위를 뽐내는군. 생각보다 너무 간단한걸? 그동안 상대했던 놈들과 비교하면 중간도 못 가겠군."

"확실한가? 만약 내 무위가……."

신균은 남궁서의 말을 잘랐다.

"일섬, 왕나작, 조후전, 교호수, 차연지. 이 다섯까지가 저 쾌검에서 죽지 않을 연놈들이고, 나머지는 못 피해. 선공은 내가 해주마. 그러니 이후에는 알아서 판을 짜서 죽어라. 내가 이 정도까지 해줬는데 한 놈이라도 더 죽으면 그땐 지옥 훈련 각오해라. 더 죽은 인원만큼 후착순으로 흑룡대에서 제외시켜 버릴 거니까."

그의 말이 떨어지자 흑룡대원 전원이 침을 꼴딱 삼켰다.

신균은 왼손으로 빠르게 추를 돌리다가 갑자기 그의 앞쪽 바닥으로 던졌다.

싸움의 여파로 이미 깨진 곳이었는데, 추가 쏘옥 하고 호수 안으로 들어가자 남궁서가 미간을 좁혔다.

"아래에서 공격할 심산인가?"

남궁서는 눈에 내력을 실어 안력을 돋웠다.

그리고 한참을 얼음 바닥을 보는데, 아래 어느 곳에서도 올라오는 추를 볼 수 없었다.

"……"

"……"

"……"

긴박한 상황에서 묘한 침묵이 흐르자 모든 이의 긴장이 서서히 풀리기 시작했다.

남궁서는 혹시 모를 기습에 대비해서 호수 아래까지 팽팽하게 당겨진 사슬을 보았다.

흑룡대원들도 모두 신균의 눈치를 살폈다.

"……"

"……"

"……"

역시 꽤 오랜 시간이 흐르자 남궁서를 포함한 모든 이의 시선이 신균에게 쏠렸다.

신균은 진지한 표정으로 자기 사슬을 노려보고 있었는데, 그의 미간에 난 주름이 점차 깊어지고 있었다.

갑자기 그가 오른손에 들고 있던 낫에 내력을 불어 넣었다.

그러곤 붉은빛이 일렁이는 그 낫을 들곤 본인의 사슬을 끊어버렸다.

이를 본 모든 이들의 표정에 의문이 가득하자 신균이 숨을 후하고 내쉬더니 말했다.

"호수 아래에도 있군. 음양살마겠지. 호민!"

갑자기 이름이 불린 흑룡대원 호민이 서둘러 포권을 취했다.

"예!"

"너 그거 있잖아. 이름은 생각이 안 나는데, 그거 돌진하는 거."

"아, 예."

"그걸로 선공해. 얼음 위니까, 생각하면서."

"⋯⋯."

"쾌검에 안 죽을 거니까 걱정 말고. 나는 강 아래 가서 상대해야 할 사람이 있으니까, 니들끼리 해라. 내가 선공을 못하니, 둘까지 죽는 건 봐주마."

"⋯⋯."

"그럼 간다."

흑룡대주 신균은 그렇게 말한 후, 경공을 펼쳐 자기가 사슬을 쏘았던 그 깨진 곳으로 쏘옥 하고 들어가 버렸다.

갑자기 찾아온 정적에 이번에는 모든 이의 시선이 호민에게 쏠렸다.

남궁서는 그를 찬찬한 눈빛으로 바라보며 검을 쥐고 고혼 일검을 준비했다.

호민은 입술을 파르르 한 번 떨더니 말했다.

"씨발. 안 죽는다고? 저런 미친 쾌검에? 응? 니들 생각은 어 떠냐?"

흑룡대원들 중 그 누구도 말을 하지 않았다. 그러자 남궁 서가 대신 대답해 주었다.

"봐줄 생각은 없으니, 잘 판단하시오."

호민은 양손을 들어 마치 세수라도 하듯, 자기 얼굴을 마 구잡이로 쓸더니 곧 마기를 전신에서 폭주시켰다.

"오냐, 한 번 죽지 두 번 죽느냐!"

그는 폭주한 마기를 모두 쏟아부으며 앞으로 돌진했다.

<br>

*            *            *

<br>

나지오의 모습이 보이지 않게 되자 황만치가 말했다.

"저쪽에 말이 있소. 눈이 보이질 않으니 내 뒤에 타시오. 내가 천살가까지 안내를 해드리지."

피월려는 상념에 젖어 그 말을 듣지 못했는지 반응이 없었 다.

황만치는 천천히 그에게 다가가 그의 어깨에 손을 올렸다.

그러자 그제야 고개를 든 피월려를 보며 황만치가 다시 말했다.

"천살가까지 안내하겠소. 본관의 말 뒤에 타시오."

"아, 알겠소."

그렇게 대답한 피월려의 표정은 다시 옅어졌다. 또다시 상념에 젖어들고 있는 것이 분명했다.

황만치는 일단 그를 그곳에 두고, 그가 말을 둔 곳까지 걸어가 말을 타고 왔다.

그때까지도 피월려의 자세나 표정에는 어떠한 변화도 없었다.

말을 해봤자 듣지 않을 것이라 생각한 황만치는 다시 말에서 내려 피월려에게 다가갔다.

"같은 노인이 되었다고 해서 본관을 이리도 불편하게 만들 작정이오?"

피월려는 번뜩 상황을 깨닫고는 고개를 숙이며 사과했다.

"죄송하오."

"무슨 생각을 했기에 그러시오?"

"나 선배의 마지막 말에 대해 생각했소."

"검으로 검을 베는 것처럼 하라는 그 말 말이오?"

"……."

"본관은 무공을 모르니 그게 무슨 뜻인지 모르지만, 일단 승마 뒤에 고심해 보시오. 내 나이가 있어 달리는 말에 앉아 있는 것도 힘드니, 조금 빠른 걸음으로 걸어야 하오. 그렇게 천살가까지 가려면 꽤 오래 걸릴 것이오."

"아, 그렇소? 죄송하지만 말까지 부탁드리겠소."

황만치는 피월려의 손을 잡고 그를 말까지 데려갔다.

말에 탑승하자 천천히 움직이기 시작했는데, 천살가에 거의 당도할 때까지 피월려는 한마디도 하지 않았다.

황만치도 그의 상념을 방해할까 하여 말을 걸지 않았다.

대략 반 각 정도의 거리가 남았을 때, 피월려가 처음 말을 꺼냈다.

"나 선배께서 세우신 목당 말이오. 귀관께서는 어떻게 입당하게 되었소?"

황만치는 서서히 보이는 천살가의 경치를 구경하며 대답했다.

"전 황도였던 개봉이 불타고 새로운 황도인 낙양의 상황이 어지러워지다 보니, 사람과 물품의 이동이 자연스럽게 남쪽으로 오게 되었소. 모르긴 해도 아마 이 할 이상의 인구가 남쪽으로 이동했을 것이오."

"……"

"때문에 현 중원에서 남창만큼이나 활발한 대도시가 없소. 이를 꿰뚫어 본 수목(首目)께서 본관을 먼저 찾아오셨지. 그

진솔한 마음에 하루아침에 입당하게 되었소."

피월려는 수목이 나지오의 호칭이라고 대강 예상했다.

그가 물었다.

"나 선배의 협과 귀관의 협이 잘 맞은 것이오?"

황만치는 고개를 흔들었다.

"그건 아니오. 다만 본관의 협이 더 이상 통하지 않는 역동의 시기가 되어서 그런 것이오."

그 대답에 피월려는 나지막하게 말했다.

"놀랍소. 귀관께선 그 연세와 능력에 겸손까지 갖추고 계시니. 마음의 공부가 심공도 익히지 않고 그런 경지까지 이른 귀관을 존경하오."

"그리 말하지 마시오. 피 공도 존경할 만한 사람이오."

"......"

황만치는 말이 없는 피월려에게 물었다.

"곧 당도할 터인데, 수목께서 하신 말씀을 이해하셨소?"

"이해는 했으나 장담은 못 하겠소. 일단 가봐야 할 것 같소."

"그렇군."

그렇게 꾸준히 움직인 황만치는 곧 상록거수를 볼 수 있었다.

그곳에는 십여 명의 천살성들로 둘러싸인 원 안에서 두 명의 천마급 고수가 생사를 가르는 일전을 펼치고 있었다.

그것을 본 황만치는 전신을 찌르는 듯한 그 살기에 몸이 부들거리는 것을 느꼈다.

등골이 끊임없이 오싹거리고, 속은 토를 할 것처럼 메슥거렸다.

말도 그것을 느꼈는지 아무리 몸을 때려도 절대로 다가가려 하지 않아 하는 수 없이 말에서 내려서 걸어야 했다.

황만치는 정신력으로 겨우 버텨내며 피월려를 그곳까지 안내했다.

멀리서 그들을 발견한 흠진이 다가왔다.

그의 눈빛에는 이미 상당량의 살기가 넘실거려 조금만 기분이 틀어지면 피월려나 황만치의 목숨을 취할 기세였다.

그가 낮은 목소리로 말했다.

"때가 좋지 못하오. 다음에 오시오."

목소리에서도 분노를 담은 듯한 작은 떨림이 느껴졌다.

그곳에 있는 모든 천살성들은 이미 한계까지 살기를 억제하고 있었다.

그럼에도 불구하고 그들에게서 넘실거리는 살기는 하늘까지 미치고 있었다.

그것은 보이지 않는 폭풍과도 같아 그 주변에 살아 있는 모든 것이 자리를 비웠다.

피월려가 흠진에게 말했다.

"어르신들께서 싸우고 계시오?"

"그렇소."

"그렇군. 잠시 옆으로 비켜주시오."

흠진의 얼굴이 순간 일그러졌다. 나약하기 짝이 없는 인간이 자기에게 명령을 내렸다는 그 사실에 속에서 분노가 치민 것이다.

그의 머릿속에는 피월려가 피를 토하며 죽고, 그 위에서 썩은 미소를 지으며 꼴이 좋다는 듯 웃는 자신의 모습만이 가득 차고 있었다.

그리고 실제로 흠진의 손이 움직이기 시작했다.

그때, 피월려의 두 눈이 열려 퀭한 속을 보였다.

흠진은 그대로 굳었다.

"비켜주시오."

"……."

"비켜주시오."

그는 자기도 모르게 뒷걸음질 쳤다.

그러자 피월려의 퀭한 두 눈에서 쏟아지는 살기는 상록거수 전체를 휘감기 시작했다.

가공할 그 살기에 놀란 모든 천살성은 피월려를 돌아보았고, 심지어 서로를 죽일 기세로 싸우던 악누와 시록쇠마저 그 자리에 굳어버리듯 섰다.

"……."

"……."

모든 살심이 마음에서 달아나는 것을 느낀 악누와 시록쇠
는 자연스럽게 자신들의 손을 내렸다.

무시무시한 기세를 내뿜던 천살성들도 마음에 편안이 찾
아오는 것을 느끼자 그 눈빛에서 살기가 증발해 버렸다.

그렇게 피월려의 살기는 천살성의 살기를 모조리 죽였다.

곧 상록거수는 정적에 휩싸였다.

*　　　　*　　　　*

살기(殺氣).

생명이 생명을 잡아먹는 육식이 처음 생겨나고, 이것이 타
고난 천성이 된 육식수(肉食獸)는 다른 생명을 죽이고 취하며
연명한다.

스스로의 삶을 위해서 타 생물의 삶을 끝내야 하는 모순.
그 철저한 이기심(利己心)을 마음에 품을 때, 그 마음은 살기
를 발산한다.

무엇을 죽이고자 하는 살생(殺生)은 세상의 본래 이치를
거스르는 것이다.

살기를 받는 상대는 본능적으로 죽음이 가까워졌다는 것을 느끼며, 살기를 보내는 상대를 보면 죽음을 보는 것과 같은 느낌이 든다.

천하 모든 생물들은 살기를 느끼면 즉시 도주한다.

죽음으로부터 멀어지는 것이 그들이 가진 유일한 본능이기 때문이다.

하지만 사람은 조금 다르다.

사람에겐 이성이 있고 그것을 바탕으로 한 지성이 있다. 때문에 살기를 느낄 때, 그 살기로부터 스스로가 벗어날 수 있는지 없는지를 순식간에 판단할 수 있다.

그리고 도저히 벗어날 수 없다는 판단이 내려지면 그 자리에 굳은 것처럼 꼼짝도 하지 않게 된다.

그것은 절대로 벗어날 수 없는 살기를 향한 마지막 몸부림이다.

자기는 살아 있는 것이 아니라고 믿어주기를 간절히 바라며, 모든 생명 활동을 일시에 정지해 버린다.

하지만 문제는 본능의 영향이 여전히 남아 있다는 점이다. 본능은 심장을 빠르게 하고 몸을 떨리게 만든다.

무조건 그 자리에서 벗어나라고 신체 기능을 한계 이상으로 끌어올린다.

때문에 기이한 현상이 일어난다.

슬며시 죽은 척을 하면서도 즉시 움직이고자 하는 모순된 반응을 일으키는 것이다.

달달 떨면서 그 자리에 주저앉아 버리거나 전신의 힘을 모아 소리를 지르며 상대가 겁을 먹고 달아나 주기를 바라면서도 일절 방어할 생각을 하지 않는다.

하지만 그조차도 넘어서는 살기를 만나게 되면 사정이 달라진다.

한계까지 과부하가 걸린 심장에 마비가 와 죽음에 이르게 된다.

죽음에서부터 벗어나려는 반응을 너무 급하게 하다 보니 도리어 죽게 되는 것이다.

무림인은 이를 보고 살기로 사람을 죽이는 경지라 하여, 심즉살(心卽殺)이라 한다.

살기의 공부가 있다면 그 정점에 있는 경지로 천살가의 고금을 통틀어 심즉살이 가능했던 천살성들은 손가락 안에 꼽을 수 있었다.

시록쇠는 단언컨대 그 이상이 있으리라곤 생각하지 못했다.

악누도 마찬가지였고, 다른 천살성들도 마찬가지였다.

처음에 시록쇠는 무슨 일이 일어났는지 전혀 이해하지 못했다.

공기 중에 살기뿐만 아니라 투기까지도 사라져 버려 악누에게 무슨 일이 일어났다고만 예상했을 뿐이다.

하지만 동일한 의문의 눈빛으로 자신을 바라보는 악누를 보곤, 시록쇠는 자신이 내뿜는 살기도 같이 사라졌다는 것을 깨닫게 되었다.

시록쇠는 다시 살심을 불태웠다.

그리고 전력으로 악누를 노려보았다.

하지만 시록쇠의 몸에서 발산하는 살기는 외우주로 노출되자마자 흔적도 없이 사라졌다.

아니, 그것을 넘어서 무언가가 그의 마음에 서서히 침투하기 시작했다.

반(反)살기라고밖에 칭할 수 없는 그것은 시록쇠의 마음에 들어와 살심 자체를 옅게 만들었다.

시록쇠는 손을 내렸고, 동시에 악누가 손을 내리는 것을 보며 그도 같은 것을 느끼고 있다는 걸 깨달았다.

시록쇠는 조심스레 그 반살기를 역추적하여 그 근원으로 시선을 돌렸다.

그리고 퀭한 두 눈을 보자 살심을 넘어서 살의까지도 사라지는 것을 느꼈다.

즉, 죽여야겠다는 마음을 넘어서 죽여야겠다는 의지까지 옅어진 것이다.

다시 말하면, 그 반살기는 본능을 넘어서 이성까지도 영향을 미치고 있었다.

시록쇠는 그 놀라운 현상에 겨우 한 단어를 떠올릴 수 있었다.

"신살(神殺)……."

죽일 수 있는 모든 것을 죽이는 것이 극살이라면, 죽이지 못하는 것까지 죽이는 것은 신살이다.

악누가 이어 물었다.

"설마 내공을 되찾았느냐?"

피월려는 서서히 눈을 감았다.

그러자 그의 눈에서 폭사되던 살기가 완전히 종적을 감추었다.

그가 말했다.

"살기를 내뿜는 데에는 내력이 필요하지 않습니다. 심법(心法)을 이용하여 표출했을 뿐입니다."

"심공은 잃었다 하지 않았느냐?"

"용안심공은 확실히 잃었습니다."

"하면? 무슨 심공이냐?"

"금강부동심법(金剛不動心法)입니다."

"뭐라?"

악누와 시록쇠를 포함한 천살성들은 자신의 귀를 의심했

다. 소림파의 심공이 피월려의 입에서 튀어나올 줄은 몰랐기 때문이다.

피월려가 담담하게 말했다.

"용안을 잃어 용안심공도 사라졌지만, 그것의 기반이 되었던 금강부동심법이 제 마음에 남아 있었습니다."

악누가 소리쳤다.

"말도 안 되는 소리를 지껄이느냐? 금강부동심법을 가지고 어찌 살기를 내뿜는다는 것이더냐? 아니, 애초에 어찌 천살성이 돼!"

"전 천살성이 아닙니다. 그저 백호의 심장을 지니고 있을 뿐입니다."

이번에는 시록쇠가 물었다,

"뭐라고? 그럼 네가 다른 이의 마음을 읽는 건 뭐고?"

"그것은 금강부동심법의 타심통(他心通)입니다. 눈이 보이는 듯 행동할 수 있었던 건 천안통(天眼通) 때문입니다. 제 마음이 고요한 것도 평정심(平靜心)이 아니라 부동심(不動心) 때문입니다. 또한 마공을 쓸 수 없는 것은 그러한 부동심이 마성을 원천적으로 제거하기 때문입니다."

"……."

"전 천살성이라 생각할 수 없을 만큼 살기를 내뿜지 않습니다. 그 이유는 제가 천살성이 아니기 때문입니다."

천살성들을 서로를 돌아보았다.

악누도 입을 벌리고 다물지 못했다.

지금 가족들이 서로를 죽인 이유가 무엇인가?

새로운 혈교주와 혈교를 위함이 아닌가?

한데, 그 혈교주가… 천살성이 아니라니?

시록쇠가 자기의 도를 땅에 박아 넣으며 말했다.

"어불성설! 그럼 방금 뿜어낸 신살은 뭐냐? 살기를 초월한 그 살기는 무엇이란 말이야? 네가 천살성을 초월한 천살성이기에 뿜어낸 것이 아니냐?"

"아닙니다."

"그러면!"

피월려는 천천히 자기 심장을 가리켰다.

"백호의 살기가 빠져나온 겁니다. 신(神)이 가진 살의가 아니라면 그런 살기가 가능하겠습니까? 제 부동심이 깨지면 수면 밖으로 나옵니다. 때문에 금강부동심법을 통해 조절할 수 있습니다."

"……."

"전 천살성인 적이 없습니다."

털썩.

악누가 절망한 표정으로 무릎을 꿇었다.

그것을 본 시록쇠는 믿을 수 없다는 표정을 지었다.

지금까지 그런 모습과 가까운 모습조차 본 적이 없었기 때문이다.

이후, 천살성들의 몸에서 하나둘씩 살기가 흘러나오기 시작했다.

그 살기는 오로지 피월려를 향한 것이었다.

천천히 몸을 일으키며 표정을 굳힌 악누도 동참하여 살기를 피월려에게 향했다.

그가 피월려에게 으르렁거렸다.

"가족의 피값이 덧없어졌느니라. 이는 네 목숨으로도 보상하지 못할 것이니라."

피월려는 그 살기를 한 몸에 받으면서도 표정에 일절 변화가 없었다.

그는 오히려 당당하게 물었다.

"천마신교의 교주가 천마신교에 군림하는 이유가 무엇입니까?"

"뭐라?"

"천마신교의 교주가 군림하는 이유가 무엇이냐고 물었습니다."

천살성들과 악누가 괴상한 표정을 짓는데, 시록쇠만이 유일하게 그 질문에 대답했다.

"교주가 가진 신물로 마단을 생성하기 때문이지."

피월려는 고개를 끄덕였다.

"맞습니다. 교주가 군림하는 이유는 가장 강하기 때문도 아니고, 가장 뛰어나기 때문도 아닙니다. 그것은 본래 이유를 돕는 부수적인 것일 뿐. 교주가 군림하는 본래 이유는 바로 마단의 생성을 통해서 마인의 번식(繁殖)을 홀로 감당하기 때문입니다. 이를 위한 강(强)이고, 이를 위한 상(上)입니다."

"……."

"……."

모두 말이 없자 피월려가 말을 이었다.

"혈교주 또한 마찬가지입니다. 가주님께서 말하는 혈교주란 천살가를 이끌어줄 천하제일고수를 말하는 것이 아닙니다. 그저 천살가의 구성원인 천살성들을, 아니, 천살지체를……."

피월려의 말을 이해한 악누가 그 말을 뺏었다.

"인위적으로 생성할 수 있는 자."

"네."

악누는 살기를 누그러뜨리며 말을 이었다.

"그러니 네가 천살성일 필요는 없지. 아니, 반대여야 해. 백호의 정반대 기운을 가져야 하니, 금강부동심법을 익히고 있는 것이 오히려 더 맞는 것 같군. 맞다. 본좌가 착각했느니라."

"제가 가진 백호의 심장은 천마신교의 신물과도 같습니다. 다른 점이 있다면 마단이 아니라 혈단(血團)을 생성할 수 있다는 점이지요. 누구라도 역혈지체로 만들어내는 마단처럼, 혈단은 누구라도 천살지체로 만들 것입니다."

"……."

"다만 문제가 있습니다. 제가 듣기론, 역혈지체에서 뽑은 혈단은 천살지체가 아닌 역혈지체의 거름이 된다는 점입니다. 이 점을 확인하고 싶어 그러는데, 혹 악 형주님께서 사방신의 역학 관계에 대해서 말씀해 주실 수 있겠습니까?"

악누는 피월려의 말을 듣고 즉시 이해했지만, 시록쇠와 다른 천살성들은 아직도 의문이 가득했다.

때문에 악누는 천천히 그가 아는 것을 설명하기 시작했다.

"사방신은 각각 대표하는 오행의 상생상극관계(相生相剋關係)가 그대로 적용되느니라. 때문에 천살지체는 금(金), 역혈지체는 수(水)에 해당하여 천살지체가 역혈지체에 생하게 되느니라. 하지만 역혈지체는 현무의 자연적인 지체가 아니라 인위적인 것이기에 관계가 역행하여 수(水)가 아닌 역수(逆水). 따라서 천살지체는 역혈지체를 극하느니라. 천살가의 살공은 이를 위해 있느니라."

"……."

다들 말없이 눈치만 살폈다. 하지만 악누는 아랑곳하지 않고 설명을 계속했다.

"혈단으로 이루는 건 일단 천살지체가 아니다. 천살지체는 자연적으로 탄생하는 것이니까. '혈단으로 이루는 천살지체'는 분명 천음지체와 역혈지체가 그랬듯, 백호와는 정반대의 속성을 가지게 될 것이다. 때문에 역혈지체와는 원래 관계로 돌아가지. 역의 역은 순이니까. 따라서 '혈단으로 이루는 천살지체'는 역혈지체를 생하게 되고 따라서 역혈지체를 이미 이룬 몸으론 혈단을 제조해 봤자, 역혈지체의 힘에 먹혀 버려 역혈지체를 만드는 마단으로 탈바꿈하게 될 것이다."

"……."

"마찬가지로 역혈지체가 용아지체를 극하는 이유도 바로 이것에 있지. 본래는 수생목(水生木)이나 역혈지체는 역수(逆水), 용아지체는 목(木)이니, 이것이 비틀린다. 따라서, 용아지체는 역혈지체 앞에 그 본래 힘을 잃어버려……."

캉!

도저히 더 들어줄 수 없었던 시록쇠는 도를 뽑아 들면서 악누의 말을 막아버리곤 피월려에게 말했다.

"그래서. 본좌와 악가 놈의 싸움을 방해한 이유는 뭐냐?

상극이고 상생이고 지체고 혈단이고 나발이고 개똥이고 씨발이고 그건 내가 알 거 없고, 내가 아는 건 네놈들 모조리 다 본 교를 배신했다는 것이다. 여기서 뼈를 묻는 한이 있더라도, 네놈들을 모조리 쳐 죽이고 천살가를 새롭게 재건하마. 천살가 역사에 아주 없었던 일도 아니고, 세 명이서 다시 시작한 전례도 있어. 그러니 나 혼자라도 못 할 일 없지. 클클클."

시록쇠의 말을 듣곤 피월려가 생각해 둔 말을 꺼냈다.

"현 교주 시화마제는 가주님의 척살을 명했습니다. 지금 흑룡대가 투입되어 가주님을 척살하려 합니다."

"뭐, 뭐라고?"

그 말을 들은 시록쇠의 두 눈동자는 더 커질 수 없을 만큼 커졌다. 피월려는 다시 말했다.

"시화마제가 교주로 등극하게 된 경위는 잘 아시리라 믿습니다. 그런 그녀가 과연 진정한 교주이겠습니까? 그리고 그런 교주의 명령 때문에 가주께서 죽어야 하겠습니까?"

"……."

"천살가가 먼저 배신한 것이 아닙니다. 교주가 먼저 천살가를 배신했습니다. 그것도 제대로 교주라 할 수 없는 자가 말입니다. 이에 관해서는 시 형주님께서는 어떻게 생각하십니까? 아직도 본 교를 섬기시렵니까?"

시록쇠는 한동안 꿀 먹은 벙어리처럼 말이 없었다.

그는 굳은 표정으로 한동안 피월려를 노려보다가 이내 나지막하게 말했다.

"그럼 본 교 내에서 싸워, 치고 올라가면 될 일이다. 외부와 손을 잡고 밖으로 나갈 일이 아니야."

피월려가 말했다.

"마지막으로 가주님과 대화해 보지 않으시겠습니까? 시 형주님께서는 천살가의 너무나 큰 자산입니다."

"천살성 아니라며? 가족도 아닌 놈이 무슨……."

"천살가는 앞으로 천살지체에서 벗어나 새롭게 될 것입니다."

"뚱딴지같은 소리를……."

대화를 가만히 듣던 악누가 거들었다.

"도를 내려놓으면 아까 한 이야기를 제대로 설명하지, 시 형. 왜 저놈이 천살지체가 아닌지, 그리고 아니어도 가족인지. 그리고 혈단은 무엇이며 지체 간의 상성은 뭔 말인지. 이야기를 한번 듣는 것도 나쁘지 않아, 시 형."

시록쇠는 험악한 표정을 지어 보이며 말했다.

"아까처럼 시가 놈, 시가 놈 하지, 그래?"

"일단 도를 내려놔, 시 형."

시록쇠는 침을 딱 뱉더니 잠시 하늘을 올려다보았다.

그러다가 정말로 도를 내려놓았다. 그걸 본 홈진은 경악하며 중얼거렸다.

"믿을 수 없는 광경을 몇 번이나 보는지 모르겠군… 시 형주님을 믿어도 되겠습니까?"

악누가 고개를 끄덕였다.

"오냐."

그러자 홈진이 모두에게 말했다.

"다들 무기를 내려놓아라."

그의 말에 모든 천살성들이 하나둘씩 무기를 내려놓았다.

그렇게 모든 이의 몸에서 살기도 살심도 살의도 사라졌을 때, 멀찌감치 떨어진 천살가의 대문에서 누군가 호화스러운 가마 위에 나타났다.

양팔에 두 미녀가 매달려 있는, 그리고 가슴팍에선 한 미녀가 잠을 자듯 기대고 있는 남자. 천포상단주 패천후가 피월려에게 큰 소리로 외쳤다.

"살기가 옅어진 걸 보니 다 끝난 것 같은데, 모두 데리고 이쪽으로 오시오, 심검마!"

그 쾌활한 목소리를 듣자 지금까지 숨도 제대로 쉬지 못했던 황만치가 턱 하고 숨을 내쉬었다.

긴장이 풀리면서 다리에 힘이 없어 그대로 주저앉을 것 같왔다.

그는 오른손으론 가슴을, 왼손으론 무릎을 짚으며 나지막하게 말했다.

"후. 제명에 못 살겠군."


                    *          *          *


'하아. 오늘 죽는 건가?'

흑룡대원 호민은 중대한 기로에서 심각한 고민을 거듭했다.

상명하복이 절대적인 천마신교 내에서도 상관이 어떤 유형이냐에 따라서 어느 정도 융통성이 있을 수 있다.

물론 율법적으로는 상관의 명령이 절대복종해야 하지만, 때에 따라선 상관이 부하의 명령을 귀담아듣고 자신의 명령을 수정하는 경우도 종종 있다.

하지만 그것도 평상시에나 그렇지, 이런 긴박한 전투 시에는 너 나 할 것 없이 절대적인 충성을 요구한다.

무인답지 않게 자비롭고 마인답지 않게 우유부단한 상관도 그때만큼은 예외가 없다.

이는 흑룡대주 신균도 마찬가지. 자기의 자리를 넘볼 수 있는 부하들을 향해서 조언을 아끼지 않는 성정을 지닌 신균조차도 전투시라면 이야기가 다르다.

전에는 대원 중 한 명이 투덜거리며 명령을 수행하는 데 늦장을 부리다가 즉결 처형으로 목을 베어버린 경우도 있었다.

살얼음 위, 균열 속으로 들어가는 신균의 마지막 눈길은 호민에게 향했다.

명령을 수행하는지 안 하는지 똑똑히 지켜보겠다는 의미였다.

호민은 입술을 파르르 한번 떨더니 말했다.

"씨발. 안 죽는다고? 저런 미친 쾌검에? 응? 니들 생각은 어떠냐?"

아무도 대답이 없다.

하기야, 남궁서의 고혼일검은 흑룡대원 중 그 누구도 확실하게 대답할 수 있을 정도로 만만한 쾌검이 아니었다.

흑룡대원들이 조금 동요하는 걸 느낀 남궁서가 그들의 마음을 흐리기 위해 말을 꺼냈다.

"봐줄 생각은 없으니 잘 판단하시오."

예의를 갖췄지만 그 속에 담긴 투기는 흑룡대원들의 마기만큼이나 날카로웠다.

자기 표정이 점차 굳어지는 것을 느낀 호민은 재빨리 양손을 들어 얼굴의 근육을 풀었다.

협공을 개시하는 자신이 긴장한 표정을 드러내선 대원들에 영향이 갈 수밖에 없기 때문이다.

호민은 마기를 폭주시켜 온몸에서 발산했다.

"오냐, 한 번 죽지 두 번 죽느냐!"

호민은 그 마기를 모두 모아 양쪽 눈에 보냈다.

그리고 그 눈으로 남궁서를 보았다. 그러자 그의 모습이 마치 그림처럼 눈 속에 박혀들어 와 그 가공할 마기를 움직이기 시작했다.

마기는 동자료, 청회, 상관, 함염, 현로, 현리, 곡빈, 술곡, 천충, 부백, 규음, 완골, 본신, 양백, 임읍, 목창, 정영, 승영, 뇌공, 풍지, 견정, 연액, 첩근, 일월, 경문, 대맥, 오추, 유도, 거료, 환도, 풍시, 중독, 슬양관, 양릉천, 양교, 외구, 광명, 양보, 현종, 구허, 임읍, 지오회, 협계를 지나 규음에 도착했다.

규음에서 폭발한 마기는 호민의 몸을 남궁서의 앞에 가져다 놓았다.

"흐으읍."

입은 다물었지만 콧구멍은 닫을 수 없기에, 엄청난 속도로 가속한 호민의 콧속으로 숨이 들어찼다.

그가 숨을 마시려 한 것이 아니라 그저 밀린 공기가 우연치 않게 그의 폐 속까지 들어왔다.

마치 입으로 숨을 쉰 것과도 같은 소리를 내었다.

눈을 감고 있던 남궁서의 귀에 그 호흡 소리가 도착하자마자, 그의 척추가 그의 몸을 움직여 고혼일검을 내질렀다.

스륵.

공기를 베어버리는 그 쾌검은 공기 중에 남아 있던 호민의 잔상을 베었다.

검으로부터 무언가 베는 저항을 느끼지 못한 남궁서는 눈을 부릅뜨곤 뒤를 돌아보며 외쳤다.

"이형환위(移形換位)!"

그곳에는 온몸의 수분을 식은땀으로 배출하며 한 십 년은 족히 늙어버린 듯한 호민이 정자세로 서 있었다.

당장에라도 쓰러질 것 같던 그의 오른손에 들린 짤막한 단검에는 새빨간 피가 뚝뚝 묻어 나왔다.

남궁서는 고개를 숙여 자기 몸을 내려다보았다.

허리춤에서 그의 옷이 빨갛게 젖어가고 있었다. 그는 왼손으로 검상을 입은 옆구리를 만져보았다.

상처의 깊이는 새끼손가락 반 마디 정도. 치명상엔 한없이 먼 상처지만, 움직임에 불편함을 느낄 수준이었다.

순간 사십여 명의 흑룡대원들의 눈빛에서 마기가 폭사되었다.

특히 일섬, 왕나작, 조후전, 교호수, 차연지는 방실방실 웃기까지 하며 각각 장도(長刀), 철퇴(鐵槌), 단창(短槍), 봉(棒), 철환(鐵環)을 꺼내 들곤 타박타박 앞으로 걸어 나오기 시작했다.

그중 가장 큰 미소를 입에 그린 차연지는 그녀의 얼굴만한 철환을 손가락으로 빙글빙글 돌리면서 호민에게 말했다.

"난 네가 해낼 거라고 믿었어. 이번에 돌아가면 한 번 자줄게."

힘없이 쓰러지는 호민의 눈이 감기기 직전, 그의 눈꼬리가 슬쩍 올라갔다.

털썩.

그의 몸이 살얼음에 눕는 것을 신호로, 다섯 명의 흑룡대원이 그 자리에서 사라졌다.

카ー 앙!

남궁서는 하늘 위에서 떨어지는 단창, 봉, 철퇴 이 셋을 검 하나로 올려 쳐냈다.

각각의 무기에 담긴 마기는 지마의 그것이었는데, 이 셋을 한 번에 막는 것도 모자라서 위로 올려 칠 수 있던 남궁서의 심후한 내력은 그 깊이가 보이지 않았다.

그런데 그때, 서로 얽혀 있던 네 개의 병장기 속으로 뱀처럼 치고 들어오는 철환이 있었다.

남궁서는 남궁세가의 자랑인 천풍장력(天風掌力)을 왼손으로 뿜어내며 철환을 뒤로 물렸다.

꽈르릉!

쏟아지는 천풍장력에 차연지의 철환은 더 이상 앞으로 나가지 못했다.

그 장력의 위력은 가히 폭풍의 그것과도 같아서 아무리 보법을 펼쳐 앞으로 나아가려 해도 왕나작, 조후전, 교호수, 차연지는 자기 자리에서 뛰었다가 다시 내려오기만 반복했다.

그때까지 뒤에서 온 힘을 다하여 마기를 도신에 집중시켰던 일섬이 크게 외쳤다.

"비켜."

왕나작, 조후전, 교호수, 차연지는 즉시 보법을 펼쳐 옆으로 물러났고, 그에 따라 천풍장력이 일섬에게 쏟아졌다.

하지만 일섬은 전혀 두려워하지 않는 표정으로 하늘 높이 든 장도를 잡아 휘둘렀다.

"태산압정(太山壓正)!"

쉬이익 하는 소리와 함께, 폭풍이 반으로 갈렸다.

하지만 아쉽게도 그 폭풍의 핵은 텅 비어 있었다.

"좋은 수였네."

어느새 일섬의 뒤에서 나타난 남궁서는 눈을 감았다.

그리고 눈꺼풀이 그의 시야를 완전히 차단하는 그 순간,

남궁서의 검이 그 모습을 감추었다.

카— 앙!

남궁서는 믿을 수 없다는 듯 눈을 떴다.

그러자 그의 눈에는 거대한 장도밖에 보이지 않았다.

일섬이 그 엄청난 크기의 도신 뒤로 완전히 몸을 숨기고 있었다.

때문에 고혼일검은 어쩔 수 없이 그의 장도에 먼저 가로막힌 것이다.

물론 그 대가로 일섬의 장도에는 그들이 서 있던 살얼음만큼이나 많은 균열이 생겼다.

문제는 남궁서의 움직임이 완전히 멈췄다는 것.

일섬은 천뢰추의 수법을 펼쳐 그대로 얼음 바다 아래로 추락했다.

왕나작, 조후전, 교호주, 차연지는 각각 남궁서의 동서남북을 잡아서 무기에 각양각색의 내력을 담아 공격했다.

사면초가(四面楚歌)!

그러나 엄밀히 말하면 방위에는 사방(四方)이 아니라 육방(六方)이다.

아래는 천살가주 및 흑룡대주가 도사리고 있는 완전한 미지수.

그렇다면 하늘이다.

남궁서는 살얼음이 모조리 깨지도록 강하게 발을 굴리곤 하늘 높이 치솟아 올랐다.

찰나 후, 내력을 가득 실은 네 가지 병장기가 그가 있었던 곳을 허무하게 지나갔다.

공중에 떠오른 남궁서는 고혼일검을 준비했다.

따라서 올라올 흑룡대원들을 기다리다 잡아먹을 심산이었다.

하지만 그의 예상과는 다르게 그 네 명 중 단 한 명도 남궁서를 따라 올라가지 않았다.

대신 그를 따라 올라간 건, 사십여 명의 지마급 마인이 쏟아내는 강기급 발경들.

검강을 포함해서 그 원형이 무엇인지 짐작도 하기 어려운 형태의 발경까지 모조리 그에게 날아가고 있었다.

남궁서를 포위만 하던 흑룡대원들이 혼신의 힘을 담은 것들로, 지마급인 만큼 그들은 모두 탈진하기 일보 직전까지 이르렀다.

눈앞이 아득해질 정도로 밝은 빛을 내는 강기다발을 보며 남궁서는 이를 악물었다.

강기라면, 천뢰기공(天雷氣功)의 반탄지기만으론 방어할 수 없기 때문이다.

"차라리 물속으로 갈 걸 그랬군."

더 이상 수가 없던 남궁서는 전신에서 호신강기를 뿜어냈다.

그의 몸에서 진한 푸른빛이 일렁이는 그 즉후, 사십여 개의 강기가 그에게 도착했다.

콰과과쾅!

연속적으로 터지는 폭탄에서나 날법한 굉음이 살얼음이 언 파양호의 하늘에서 터져 저 멀리 수평선까지 울렸다.

호수를 겨우 덮고 있던 살얼음에 쫙쫙 선이 생기면서 유리 조각처럼 갈라지기 시작했다.

마치 지진에 의해서 대륙이 갈리는 것 같았다.

그 굉음이 서서히 가라앉자 빛 또한 사그라지며 남궁서의 신체가 보이기 시작했다.

옷이라고 할 만한 것이 모두 불타 사라지고, 천 조각 몇 개만이 그의 탄탄한 신체를 가리고 있었다.

왕나작, 조후전, 교호수, 차연지는 그 자리에서 신체를 높게 띄웠다.

그리고 그들이 남궁서와 같은 높이가 되는 그 찰나에 남궁서는 눈을 감았다.

그는 놀랍게도 사십여 개의 강기다발을 막아낼 정도의 호신강기를 강하게, 그리고 오랫동안 펼친 직후에도 고혼일검을 펼칠 내력을 아껴두었던 것이다.

스윽.

남궁서의 검이 갑자기 왕나작의 옆구리에서 나타났다.

"큭."

강기가 가득한 철퇴는 이미 잘려 그 머리가 떨어지고 있었다.

그다음엔 조후전의 어깨에서 나타났다.

"으윽."

강기가 가득한 단창은 이미 세로로 갈려 두 조각이 되어버렸다.

그다음은 교호수의 허벅지에서 나타났다.

"으악."

강기가 가득한 봉은 이미 사선으로 잘려 부러져 버렸다.

그다음은 차연지의 왼손에서 나타났다.

"……."

차연지는 피가 뚝뚝 떨어지는 왼손으로 남궁서의 검을 잡고 있었다.

그녀의 시선은 선혈이 줄줄 흘러나오는 남궁서의 옆구리에 가 있었다.

그녀가 말했다.

"옆구리 때문에, 나까진 안 됐어."

"……."

차연지는 오른손으로 든 철환을 찍어 누르듯 남궁서의 오른팔을 공격했다.

남궁서는 조금도 망설이지 않고 검을 놓아버리며 오른손을 뺐다. 그렇게 철환은 허공을 지나갔다.

그렇게 네 명의 흑룡대원과 남궁서는 서로를 지나쳤다.

남궁서는 추락하는 중이었고, 네 명의 흑룡대원은 상승하는 중이었기 때문이다.

서로가 서로를 지나치는 그 짧은 순간에 주고받은 공방에 의해 왕나작, 조후전, 교호수는 치명적인 상처를 입었고, 남궁서는 검을 잃었으며, 그나마 차연지만이 경상을 입었다.

남궁서는 아래로 떨어지며 다음 수를 준비하려 하는데, 그 아래의 갈라진 살얼음에서 순간적으로 튀어나온 일섬을 보곤 눈이 보름달만큼 커졌다.

정확하게는 그가 뒤쪽으로 끌고 올라온 균열이 가득한 장도였다.

쿠— 쾅!

균열에서 검은빛이 새어 나오더니 곧 수백, 수천의 조각으로 도가 터졌다.

그리고 엄청난 양의 파편들이 남궁서에게 쏟아지기 시작했다.

남궁서는 본능적으로 천뢰기공를 운용하여 온몸을 보호했다.

푸른빛이 나는 신체에 도착한 파편들.

그것은 마치 두부에 돌이 박히듯 너무나 쉽게 신체를 파고들었다.

천뢰기공은 마치 반탄지기를 몸에 두른 것과도 같은 효과를 내지만, 애초에 반탄지기는 강기까지 막을 수 없었다.

"도… 도강이었군."

그 말을 끝으로 남궁서는 더 말하지 못했다.

그의 입술과 볼을 뚫고 들어온 파편이 그의 혀를 조각내었고, 그의 목을 막아버렸기 때문이다.

눈에 박혀 든 조각은 그의 시력을 앗아갔고, 귀를 뚫어버린 파편은 그의 청력을 앗아갔다.

그리고 그의 뇌 속 깊숙이까지 파고든 파편은 그의 생명을 앗아갔다.

일섬은 떨어지는 남궁서의 시체에서 벗어나고 싶었다.

하지만 완전히 탈진하여 손가락 하나 까딱할 수 없었다. 파도(破刀)로부터 스스로를 보호하기 위해서 장도로 강기를 내뿜는 것과 동시에 급소 곳곳을 호신강기로 보호했기 때문이다.

심력과 내력의 완전한 소모로 인해 정신을 잃어버릴 지경이었다.

풍덩.

남궁서의 시체가 일섬에게 포개진 채 강 속으로 떨어졌다.

그리고 그 뒤를 이어서 왕나작, 조후전, 교호수가 정신을 잃은 채 떨어졌다.

풍덩. 풍덩. 풍덩.

그리고 유일하게 맨정신을 유지한 흑룡대원, 차연지만이 살얼음 위에 안착했다.

그녀는 상황을 파악하기 위해서 여기저기 둘러보았다.

그녀를 제외한 모든 흑룡대원들은 강기를 쏟아내느라 전부 기절한 상태였다.

일섬, 왕나작, 조후전, 교호수를 포함해서 발아래 살얼음이 깨져 강 밑으로 빠진 흑룡대원도 대략 스무 명 이상은 될 것 같았다.

차연지는 웃옷을 찢어 피 나는 왼손에 둘렀다.

그러곤 왼손에 마기를 집중하면서 투덜거렸다.

"언제 다 구해, 젠장."


                    *              *              *


"정말 다 구했단 말이오?"

황만치의 질문에 패천후는 거만한 표정으로 고개를 끄덕이며 양손을 미녀들의 옷섶에 스리슬쩍 넣었다.

"그 정도는 천포상단에겐 아주 쉬운 일입니다, 대인. 대인께서 놀라셨다는 것 자체가 천포상단에는 수치… 아!"

패천후는 짝 하는 소리와 함께 손을 뺐다.

그의 손등을 때린 두 미녀는 한심하다는 듯 그를 노려보았고, 그중 한 명이 앙칼지게 말했다.

"자리를 생각하세요, 단주님."

"왜? 밖이라서 더 흥분되지 않아?"

"……."

한심하다는 눈빛은 침묵과 함께 경멸로 바뀌었다.

멋쩍어진 패천후는 민망한 듯 양손으로 자기 머리를 긁적이더니 곧 짜증 난다는 듯 쫙 하고 뻗었다.

"에라이. 하여간 대인. 그 백마는 뭡니까? 어느 종이기에 빛깔에서 윤기가 좔좔 흐르고 스스로 반사광을 내는 것입니까?"

황만치가 타고 있는 백마(白馬)는 세상의 모든 진귀한 것을 다 보았다고 자부하는 패천후도 처음 보는 종류의 것이었다.

달빛 아래에선 흑마처럼 보였는데, 해가 떠오르고 햇빛을 받자 이를 반사하며 아름다운 백색 털을 과시하기 시작했다.

즉, 색 자체가 흰색인 것이 아니라 반사하는 빛으로 그렇게 보이는 듯한 착각이 드는 것이다.

황만치는 패천후에게 눈길 하나 주지 않으며 말했다.

"진홍표국에서 받은 것이오. 요구하는 것이 없었으니 선물 같은 것이겠지."

진홍표국이라는 말에 패천후의 눈이 날카로워졌다.

상단과 표국은 기원과 이름은 다르지만 실제로 하는 일은 굉장히 비슷하여 서로의 영역을 침범하는 일이 잦았다.

그중에서도 진홍표국은 최근 몇 년 사이에 천포상단과 경쟁할 만한 위치까지 올라온 거대 표국이었다.

패천후는 양옆의 미녀를 재빨리 돌아봤다.

한 명은 고개를 끄덕였고, 한 명은 고개를 흔들었다.

그는 그의 품속에 있는 세 번째 미녀를 내려다보았는데 그녀는 진짜로 잠이 들었는지 새근거리고 있었다.

패천후가 황만치에게 말했다.

"아하하. 그렇습니까, 대인? 그, 이번에 가시면 천포상단에서도 준비한 선물이 있습니다. 마음에 드실지는 모르겠지만, 진홍표국의 백마만큼이나 괜찮을 겁니다."

황만치는 정면에 시선을 두며 천천히 말했다.

"무엇을 준비했는지 모르겠으나, 패 단주의 안목이면 아마

다호(茶壺)를 준비했을 거라 생각하오. 원래 있던 것을 많이 아끼었는데, 그 아이가 본관의 마음도 모르고 금이 가버렸지 뭐요. 처음 반 다경 정도는 괜찮다가 점점 찻물이 새서 곤욕이오."

패천후는 어색한 미소를 짓더니 또 눈짓으로 양옆의 미녀를 흘겨보았다.

아쉽게도 양 미녀들은 둘 다 고개를 흔들었다.

그런데 그의 품에 안겨 있던 세 번째 미녀가 몸을 슬쩍 들척이면서 자기 궁장의 한 부위를 손가락으로 툭툭 두 번 쳤다.

자색이었다.

패천후가 남자답게 가슴을 펴며 말했다.

"하하하! 물론입니다, 대인. 천포상단에선 준비한 자사호(紫砂壺)를 분명 더 아끼시게 될 겁니다."

황만치는 처음으로 고개를 돌려 패천후와 눈을 마주쳤다.

그가 말했다.

"역시 천포상단이군. 본관의 찻주전자 사정까지 알고 있다니."

"앞으로도 잘 부탁드리겠습니다, 대인. 대인께서 하시는 선별에 꼭 들었으면 좋겠습니다."

"……."

지금까진 겉치레로 감탄사를 내뱉은 것이지만, 이번만큼은 황만치도 감탄하지 않을 수 없었다.

패천후가 목당의 존재까지 아는 건 아닐 터지만, 분명 상인의 감각으로 무슨 일이 진행되고 있다는 건 눈치챈 듯싶었다.

패천후는 그를 지그시 바라보는 황만치의 눈길을 회피하지 않았다.

황만치의 눈빛은 항상 패천후 본인이 하는 그 눈빛으로 바로 상품의 가치를 판단할 때 자연스레 흘러나오는 심미안(審美眼)이었다.

황만치는 상품이 아니라 사람을 판단하는 것이지만, 그 근본은 같다.

황만치가 눈길을 돌리며 말했다.

"본관 스스로 판단할 수 있는 문제는 아니지만, 한번 잘 말해보도록 하겠소."

패천후의 눈이 조금 커졌다.

모든 일의 배후라 생각되어지는 황만치가 자신보다 더 높은 이가 있다는 것을 간접적으로 언급했기 때문이다.

그는 무슨 일이 어떻게 돌아가는지는 자세하게 알았지만, 전체적인 그림은 알지 못했다.

천살가와 태수, 그리고 남궁세가 및 사천의 세력까지 아울러 진행되는 이런 거대한 일에 한번 참여하고 마는 식의 손님이 될 생각은 없었다.

그 일원이 되어서 전 중원을 주물럭거리는 것이라면 모를까.

패천후가 손을 모으고 포권을 취했다.

그는 항상 황만치가 대단한 사람이란 것은 알았지만, 매번 그의 크기가 커지는 것이 더 존경스러웠다.

"잘 부탁드립니다, 대인."

황만치는 패천후가 내민 포권에 시선을 옮기다가 툭하니 말했다.

"뒤쪽에서 따라오는 천살가 말이오. 혹 그들의 이야기를 들을 순 없소?"

패천후는 그의 말에 자기도 모르게 뒤쪽을 보았다.

뭐라 말을 하고 있던 악누의 살기 어린 눈과 마주쳤는데, 뒤쪽에 관심을 끄라고 단단히 말했던 것이 생각이나 얼른 고개를 돌려 앞을 보았다.

패천후가 말했다.

"천마급 마인이 펼치는 방음막을 뚫고 소리를 들을 순 없습니다. 또한 입 모양을 보려고 뒤를 돌아보면, 즉시 들켜 그도 안 됩니다. 하지만……"

"하지만?"

패천후는 손을 들어 그의 품에 안겨 있던 미녀의 머리카락을 쓸어내렸다.

그 미녀는 몸을 한번 부르르 떨며 더욱 패천후의 품에 안겨들었다.

패천후가 말했다.

"이런 쪽으로 특별한 재능이 있는 아이라면, 방음막의 미세한 떨림으로 퍼지는 공기의 진동을 읽을 수 있습니다."

"……."

"자세한 건, 저도 나중에 듣고 설명드리겠습니다, 대인."

황만치는 시선을 앞으로 옮기며 말했다.

"미인계(美人計)와 허허실실(虛虛實實)이라… 흠, 바람이 차군."

패천후가 하품하며 말했다.

"원하신다면, 따뜻한 아이를 드리겠습니다."

황만치는 작게 미소 짓더니 말했다.

"성에 있는 내 아이들은 질투가 많아. 아쉽지만 그리할 수 없네."

"……."

"그냥 추위를 견뎌야지."

그가 그렇게 말하자 한 미녀가 패천후의 가슴을 살포시 때리면서 말했다.

"대인을 보고 좀 배워요."

패천후는 또다시 멋쩍은 미소를 지으며 중얼거렸다.

"추위가 싫어, 난."

제일백구장(第一百九章)

'너무 차서 추위가 느껴지지도 않는 건가?'

저절로 달달 떨리는 육신을 느끼며 신균은 자신이 엄청난 추위를 느끼고 있다는 것을 간접적으로 알 수 있었다.

물속에 들어오는 순간부터 얼음장 같은 온도에 완전히 마비된 촉각은 지금 느끼는 것이 고통인지 추위인지 가늠할 수 없을 정도로 무뎌졌다.

시야도 흐려졌고, 소리도 둔탁해졌다.

온몸은 무거운 추를 달아놓은 것처럼 움직이기 힘들고 작은 숨조차 쉴 수 없다.

마치 죽음에 이르는 것과도 비슷한 그 느낌 때문에 아마 사람들은 물속에 잠수하는 것을 꺼려하는 것일 것이다.

신균은 수공(水功)을 펼쳤다.

그러자 그의 시각과 청각이 땅 위에 있는 것처럼 완전히 돌아왔다.

지금은 죽어 이름조차 잘 기억나지 않는 흑룡대원 중 한 명이 외딴섬 출신이었는데, 혹시 몰라 그가 만든 수공을 배워둔 것이 이렇게 쓰일 줄은 그도 몰랐다.

쉬이익ㅡ!

물고기가 빠르게 헤엄치는 소리 같지만 자세히 들으면 생물의 그것이 아니었다.

물고기가 물속에서 움직일 때는 분명 일정한 박자를 가지고 몸을 좌우로 흔들게 마련인데, 지금 들려오는 소리는 좌우의 움직임이 전혀 없이 일직선으로 다가오고 있기 때문이었다.

신균은 그의 사슬낫을 들어 방어했다.

퉁.

물속이라 그런지 둔탁하기 짝이 없는 소리가 한 번 짧게 울리곤 사라졌다.

신균은 얼얼한 오른손을 왼손으로 매만지면서 생각했다.

'상당한 내력을 담았군. 역시 천살가주 음양살마 돈사하.

마조대의 의하면 망사(網絲)라는 독문무기였나? 사검과 비슷하지만 그물의 형태를 띠고 있다고 했는데… 이런 물속에서도 실에 그 정도의 내력을 담아내다니… 수공을 따로 익힌 것인가?'

그는 우선 물길에 몸을 맡겼다.

물속은 일정한 흐름이 있어 그것을 거스르지 않고 같이 움직이는 것이 바로 부동(不動)이다.

오히려 가만히 있으려고 물의 흐름과 싸우면 그것에 흐름이 흐려지면서 그 여파로 존재가 노출되기 때문이다.

신균은 수공을 펼치는 데 더욱 집중하고 내력을 쏟아부어 천천히 감각을 넓혀 나갔다.

눈을 감고 귀에 집중하여 청력을 더욱 높였다.

아무리 보름달이라지만, 그 미약한 달빛에 의존하여 물속의 상황을 판단하는 것보단 차라리 귀에 집중하는 것이 주변을 인지하는 데 무엇보다 더 빠르고 정확했다.

신균은 그렇게 일 장, 이 장을 넘어서 열 장이 넘어가는 그 엄청난 넓이의 물의 흐름을 완전히 파악해 나갔다.

하지만 그 안에는 어떠한 생물채의 기척도 발견되지 않았다.

'나와 똑같이 물길을 거스르지 않고 있군. 물속의 싸움에 익숙한 것인가? 아니면 살수의 감각이 발동한 것인가?'

더 이상 귀로 듣는 건 의미가 없다고 판단한 신균은 눈을 떴다.

직접 눈으로 보지 않고는 도저히 돈사하의 기척을 느끼는 것이 불가능하다는 판단이었다.

그리고 그것이 그의 목숨을 살렸다.

신균은 눈앞에서 다가오는 그물에 깜짝 놀라며 그의 사슬낫에 강기를 넣어 재빨리 휘둘렀다.

쉬이익ㅡ!

그의 몸을 충분히 덮고도 남을 만큼 크기의 그물이 그를 지나갔다.

다행히 제시간에 낫으로 그물의 중간 지점을 찢어놓았기에 망정이지 만약 그물에 당했다면 온몸이 옥죄어서 꼼짝도 하지 못했을 것이다.

'그물이 다가오는 소리가 들리지 않았어. 젠장. 저쪽에선 내 위치를 완전히 알고 있는 것인가? 이번에 운이 좋아서 망정이지, 이대로 가다간 꼼짝없이 수장당하겠는데?'

신균은 처음으로 팔다리를 움직였다.

그는 물의 흐름을 거스르면서 각 팔과 다리에 내력을 담아 힘차게 수영했다.

그의 목적지는 호수 밑바닥.

내려가면 내려갈수록 전신을 짓누르는 물의 압력이 거세

졌다.

그만큼 답답함은 더해졌고, 고통은 강해졌다.

그렇게 대략 오 장을 일시에 내려간 그는 겨우 바닥에 도착할 수 있었다.

그는 마치 침상처럼 호수 바닥에 누워 위를 보았다.

깊은 물속이라 그런지 달빛이 새어 들지 않아 온통 캄캄한 어둠뿐이었다.

그러나 그만큼 고요했고, 때문에 전엔 들리지 않던 작은 소리까지 귓가에 들리기 시작했다.

완벽한 침묵 속에서 처음 들린 것은 그의 심장 소리였다.

부족한 호흡을 어떻게든 메꾸고자 쿵쿵거리면서 피를 돌리는데, 그 소리가 점차 커져서 귀가 아파올 지경이 되었다.

또 다른 소리는 쉬익거리는 흐름의 소리.

물의 흐름이 아니라 그의 동맥에서 나는 혈류 소리였다.

목을 타고 뇌로 혈액을 공급하는 그 소리가 들리기 시작한 것이다.

그 묘한 박자감에 익숙해지자, 그것이 진짜 소리인지 아니면 환청인지 분간하기조차 어려워졌다.

쿵. 쿵쿵. 쿵쿵.

'응?'

쿵. 쿵쿵. 쿵쿵.

'이건……'

신균은 눈을 떴다.

그리고 또 다른 심장 소리가 들리는 쪽을 바라보았다.

그곳에는 한 백안(白眼)이 그를 마주 보고 있었다.

거리로는 대략 삼 장 정도 떨어진 곳에서 둥둥 떠 있는 듯
한 그 백안은 확실히 그를 보고 있었다.

빛이 없으니 보일 리 없을 텐데 보이는 이유는 하나밖에
없다.

'스스로 빛을 낸다?'

스스로 빛을 내는 백안은 스스로 낸 빛으로 신균을 보고
있었던 것이다.

묘한 안공이다.

어둠 속에서도 시력을 얻을 수 있는 대신 스스로의 위치
도 드러나는 그런 식.

무언가를 탐색할 때나 쓸모가 있는 것이지, 서로 위치를
모르는 도중엔 쓸모가 없다.

자기 위치를 드러내 버리면 적을 확인하든 무슨 소용이라
는 말인가?

'그리고 그럼에도 그런 안공을 쓰는 이유는 뭘까? 당연히
낚시지. 망사라는 독문무기는 어부의 그물과도 같다. 어부가

물고기를 낚듯 사람을 낚는 무공. 범인이었을 때 어부란 소리는 못 들었는데. 하여간, 저건 미끼야.'

신균은 눈을 감아버렸다.

눈을 속이기 위해 만든 미끼에서 그것만큼 벗어나는 좋은 방법은 없다.

그러자 시력에 완전히 주도권을 빼앗겼던 청력이 다시 살아나기 시작했다.

그리고 심장 소리가 다시 들려오기 시작했다.

쿵! 쿵!

'코앞!'

"푸흡!"

신균은 숨을 헛 뱉을 정도로 빠르게 사슬낫을 휘둘렀다.

그새 사슬낫은 강기를 품고 있었다.

하지만 물속이라 그런지 속도는 느렸다.

또한 휘둘러지는 동안에도 사슬낫의 속도는 더욱 줄고 있었다.

아니다. 점차 무거워지고 있다.

신균은 눈을 떠 앞을 보았다.

그의 앞에는 돈사하가 양손 사이에 겹겹이 싼 실로 사슬낫을 감싸고 있었다.

마치 실뜨기와도 같은 모양이었다.

사슬낫과 실은 그 어둠을 모두 몰아낼 만큼 강렬한 빛을 내며 서로의 강기를 뿜내고 있었는데, 이상하게도 폭발이 없었다.

　강기와 강기의 충돌은 자연스레 폭발로 이어지게 마련인데, 마치 강기가 아니라 일반적인 내력을 담은 물체끼리 씨름을 하는 것 같았다.

　신균은 그것을 이해하지 못했지만 더 이해하려 하지 않았다.

　적의 모공 하나하나까지 보일 정도로 가까운 거리에선 그런 생각조차 사치.

　신균은 돈사하의 목을 향해 왼손을 뻗었다.

　돈사하는 오른 다리를 들어 그 왼손을 쳐내곤 양손을 빙글 돌렸다.

　그물에 얽힌 사슬낫은 돌아가기 시작했고, 그에 따라 신균의 오른팔까지 덩달아 돌아가기 시작했다.

　신균은 그 회전을 그대로 받아 몸을 돌리면서 팔이 꺾이는 것을 방지했다.

　그러면서 사슬낫을 강하게 잡곤 오른팔을 접었다.

　사슬낫이 그의 품으로 들어왔고, 덩달아 돈사하도 딸려 들어왔다.

　신균은 씨익 웃으며 왼손으로 돈사하의 머리를 잡았다.

그리고 그 머리를 으깨기 위해 온 힘을 다하여 손을 오므렸다.

　으드득.

　신균의 손가락이 기이한 각도로 꺾이기 시작했다.

　그가 힘을 주고 힘을 줄수록 더욱더 손의 형태를 잃어갔다.

　왼손을 감은 실들이 그 피부를 파고들어 그의 뼈에 감긴 채 신균이 주는 힘의 방향을 모조리 틀어놓고 있었다.

　그뿐이랴.

　그 실은 조금씩 꿈틀거리며 서서히 안쪽으로 파고들고 있었다.

　나무줄기를 감고 올라가는 수십 마리의 뱀처럼 신균의 팔뼈를 타고 스멀스멀 그의 심장을 향해 기어가고 있었다.

　올라가는 중에 근육과 혈관 및 기혈을 모조리 파괴하는 건 덤이었다.

　신균은 내공을 집중하여 팔꿈치 정도에서 모든 혈관과 기혈을 막아버렸다.

　그러자 그의 왼팔이 복어처럼 부풀어 올랐고 실의 움직임도 멈췄다.

　돈사하는 신균을 내려다보았다.

　신균도 돈사하를 올려다보았다.

둘 다 가만히 있는 것 같지만 양팔에 엄청난 내력를 쏟아 붓고 있는 중이었다.

물속이라 그 기세가 겉으로 드러나 보이지 않았지만, 공기 중이었다면 이미 양쪽 팔에서 엄청난 폭발이 있었을 것이다.

신균의 시선은 돈사하의 오른쪽 눈에 있었다.

그곳엔 당연히 있어야 할 눈알이 없었다.

'오른쪽 눈알을 넣다 뺐다 하는 안공인가? 그걸로 미끼를 던져 시선을 사로잡아 놓고 암살을 하는 식. 진짜… 살다 살다 이런 마두를 만날 줄이야.'

흑룡대원에서부터 시작하여 흑룡대주가 되기까지 그 오랜 세월 동안 그가 치룬 실전 경험은 백을 훌쩍 넘는다.

전투에 미쳐 보낸 나날 동안 싸운 상대는 천을 훌쩍 넘기고, 그중의 반은 그와 동급이거나 이상이었다.

그 때문에 생긴 생사의 감각은 그의 본실력을 훨씬 뛰어넘는 수준이었고, 때문에 백안이 미끼라는 것을 알았다.

또한 돈사하가 가진 독문무기가 그물과 실의 중간 형태라는 정보.

그리고 그가 살수 출신이며 그 정점이라 할 수 있는 말존대주에서 은퇴한 마인이라는 정보.

이 두 가지 정보를 이미 안 것도 컸다.

이로 인해서 그 눈을 보고 미끼라는 생각을 떠올릴 수 있었기 때문이다.

본능과 이성.

이 두 가지가 멀리서 보이는 백안이 모두 미끼라는 합의를 내었기에, 그토록 빨리 행동에 옮길 수 있었다.

둘 중 하나라도 확신이 없었다면, 아마 눈을 감고 청력을 되살리는 판단도 늦어졌을 것이고 꼼짝없이 당했을 것이다.

'나보단 강해. 확실히.'

신균은 이를 악물었다.

추와 왼손까지 잃었고, 사슬낫도 그물에 걸려 쓸 수 없다. 이렇게 꼼짝없이 내력 싸움을 하다간, 아무래도 나이가 많은 돈사하가 유리할 가능성이 컸다.

무림인이란 자고로 나이가 들면 들수록 체력이 약해지지만, 내력은 심후해지는 법이다.

아니다.

그건 무림인이지 살수는 아니다.

살수는 순간적인 폭발력으로 적을 죽인다.

살수에게 지속력은 숨어 있거나 도주할 때나 필요한 것.

즉 최대치나 최소치에는 강하나, 이런 지속적인 내력 싸움에선 약할 수밖에 없다.

신균은 나약해지는 마음을 고쳐먹곤 순간적으로 내력을

끌어올려 사슬낫에 보냈다.

"꼬르륵."

돈사하의 입에서 거품이 올라왔다.

갑자기 내력의 양을 늘린 탓에 당황한 것이다.

아니다.

호흡이 모자란 것이다.

신균은 사악한 미소를 지었다.

'지금이야!'

그는 자신의 사슬낫에 전신의 내력을 주입하여 강기충겸(罡氣充鎌)을 펼쳤다.

그러곤 손목을 마구잡이로 흔들었다.

그러자 돈사하의 그물에 있던 강기가 벗겨졌다. 돈사하는 곧 힘없이 사슬낫을 놔주었다.

신균은 그 사슬낫을 다시 들고 돈사하를 공격했다.

퍽.

둔탁한 소리와 함께 신균의 사슬낫이 그의 머리 위에서 멈췄다.

신균이 고개를 들어 위를 보니 한 남성의 신체가 가라앉고 있었다.

때마침 신균의 머리 위로 떨어진 시신에 우연치 않게 사슬낫이 가로막힌 것이다.

"크함."

그가 누구지 확인하지도 못한 채 신균은 자기도 모르게 소리를 지르며 왼손을 보았다.

강기충겹을 펼치느라 왼손에 신경을 못 쓰는 사이, 거기에 얽혀 있던 실들이 다시금 그의 팔뼈를 타고 올라오기 시작한 것이다.

신균이 서둘러 돈사하를 찾아보니 그는 서둘러 수면 위로 나갈 생각밖에 하지 않는 듯 뒤도 돌아보지 않고 위쪽으로 헤엄치고 있었다.

그런 그가 신균의 왼손에 묶여 있는 실들을 원격에서 조종했을 리는 없다.

'무서운 마공이군. 펼쳐 놓기만 하면 실이 알아서 몸 안으로 파고드는 것인가?'

신균은 팔꿈치보다는 조금 위쪽의 기혈을 다시금 막았다.

그러곤 사슬낫을 손에서 놓고, 그가 끊어버렸던 사슬 쪽을 잡아 돈사하를 향해 힘껏 던졌다.

끼리릭.

사슬이 돈사하의 왼발에 칭칭 감겼다.

신균은 사슬 쪽을 잡고는 잡아당겼다. 그가 한 번씩 잡아당길 때마다 수면 위로 떠오르던 돈사하의 몸이 '슉' 하고 내려가기 시작했다.

돈사하는 양손 검지에 실을 감은 뒤 그 실을 사슬에 대었고, 그러자 신균은 재빨리 사슬에 내력을 주입하여 그 강도를 한없이 높였다.

끼릭. 끼릭.

한 번에 베어낼 수 없다는 걸 깨달은 돈사하는 마치 톱질을 하듯 실로 사슬을 갈기 시작했다.

신균은 눈을 부릅뜨고는 계속해서 힘을 주어 돈사하를 수면 아래로 끌어당겼다.

"푸흡!"

"큽!"

돈사하는 숨이 막혀 호흡을 내뱉었다.

실에 내력을 쓰다 보니 더욱 숨이 차오르기 시작했다. 그에겐 도저히 사슬의 힘에 저항할 방도가 없었다.

신균은 왼쪽에서 올라오는 고통에 호흡을 내뱉었다.

사슬에 내력을 쓰다 보니 왼쪽의 실들이 더욱 안쪽으로 파고들기 시작했다.

돈사하를 수면 아래로 잡아둘 뿐, 더 이상 잡아당기는 건 불가능했다.

그때였다.

그 둘의 중간에 차지연이 나타난 것은.

차지연은 돈사하와 신균을 번갈아 보면서 상황을 판단했다.

신균은 즉시 돈사하를 죽이라 명령하고 싶었지만 그 말을 전할 여유가 없었다.

그렇게 수십 번을 번갈아 본 차지연은 그들을 무시했다.

그리고 하나둘씩 강바닥으로 가라앉는 대원들을 구출하기 시작했다.

대략 일각 정도 흘렀을까?

대원들을 모두 구한 차지연이 다시 와 철환을 휘둘러 중간에서 사슬을 끊어버렸다.

돈사하는 즉시 위쪽으로 수영하기 시작했고, 신균도 마찬가지였다.

"푸하! 하악. 하악."

수면 위로 올라온 신균은 있는 힘껏 호흡했다.

그러면서 멀리 떨어진 돈사하를 보는데, 그도 신균과 다를 것 없이 가슴을 부여잡고 호흡을 하고 있었다.

차지연은 신균의 왼손에 파고든 실들을 하나하나 뽑아내면서 말했다.

"음양살마가 마성을 폭주시켜 수라가 될 수 있었습니다."

"하악. 하악."

"그렇게 되면 대주님도, 저도 그리고 강바닥에 추락한 대원들도 모두 죽습니다."

신균은 호흡을 가다듬으며 겨우 대답했다.

"임무 수행이 먼저다, 차지연. 후우. 후우. 더 좋은 방법이
없다면, 넌 퇴출이야."

차지연이 마지막 실을 뽑아내며 말했다.

"있습니다."

"뭔데?"

"일단 회복하고 계시다가 기절한 대원들을 모두 구출해 주
십시오."

"……."

"단시월!"

그녀의 외침에 한적한 살얼음 위에서 가만히 누워 있던 단
시월의 몸이 순간 움찔거렸다.

그 뒤에 아무런 반응이 없자 차지연이 다시 말했다.

"네놈만 전력으로 강기를 쓰지 않은 거 다 안다. 지금쯤이
면 깨어났겠지. 기절한 척하지 말고 일어나."

"……."

"지금 일어나면, 그 일을 불문에 부치지."

단시월은 누운 채로 침을 딱 하고 뱉더니 서서히 자리에서
일어났다.

그는 뒤통수를 긁적이며 말했다.

"티 났습니까?"

"몰래 상황을 살피는 걸 봤다."

"……."

"나도 지금은 내력이 부족해. 일단 네가 음양살마를 상대해라."

"대주도 상대 못 한 걸 제가 어떻게 합니까?"

"호흡으로 회복하기 전에 수면 위로 올라오는 것만 막아. 음양살마를 계속 강바닥에서 못 올라오게만 한다."

"아, 존명! 그런데 그거 해주면 나랑도 자줍니까?"

"닥치고 해."

단시월은 즉시 보법을 펼쳐 돈사하에게 다가갔다.

그리고 적당히 멀리 떨어진 곳에서 몸을 돌리면서 두 번 발차기를 했는데, 각 발차기에서 각풍이 뿜어져 돈사하에게 날아갔다.

하나는 정면, 두 번째는 조금 위.

누가 봐도 노골적으로 강 아래로 내려가라는 의미였다.

그것을 피할 체력도 막을 내력도 없었던 돈사하는 하는 수 없이 강 아래로 잠수했다.

곧 호수의 고요함이 찾아왔다.

단시월은 수면 바로 아래에서 이리저리 움직이는 돈사하의 움직임을 따라 살얼음 위를 누볐다.

그러면서 조금이라도 올라올 기세를 보이면 그곳에 각풍을 쏘았다.

그렇게 돈사하와 단시월은 살얼음 하나를 중간에 놓고 서로의 눈에 시선을 고정한 채 끊임없이 움직였다.

그렇게 서로를 견제하며 반 각 정도 지났을까?

어느 정도 회복한 차지연과 신균이 자리에서 일어났다.

신균의 왼팔은 조금 회복되었으나 움직일 수 있는 수준은 아니었다.

신균이 말했다.

"대원들 구출은 네가 해라. 견제를 내가 하겠다."

"안 됩니다. 그러다가 음양살마가 수라가 되면, 이 자리에 남은 사람은 전멸합니다. 대주께서 거기에 포함되실 수 없습니다."

신균은 피식 웃었다.

"네가 홀로 남아 미끼가 될 생각이었나?"

"……."

차지연이 침묵을 지키자 신균이 부상당한 왼팔을 주물럭거리면서 뭉친 혈도와 근육을 풀었다.

"흠. 수라를 상대하는 건 꽤나 인상 깊은 일이었지."

차지연의 입이 살포시 벌어졌다.

주변을 초토화시키는 수라를 상대하고 살아남았다는 건,

입신의 고수를 상대하고 살아남았다는 것만큼이나 허황된 이야기였기 때문이다.

아니, 이성이 전혀 없는 수라에게서 살아남는 것이 더 힘들다.

그녀가 물었다.

"설마 싸워보셨습니까?"

"네가 들어오기 한참 전의 일이었다. 그땐 나도 일반 대원이었지. 그때 운 좋게 수라의 감각에 들키지 않는 법을 깨달았다. 도망가려 하지 말고 귀식대법(龜息大法)을 펼쳐 수라의 생명이 모두 사그라들 때까지 버티는 것이다."

"그런 방법이……."

"일단 쓰러진 대원들을 대피시킨다. 그리고 단시월과 함께 싸워서 음양살마에게 최후의 수단을 강요하자. 그가 수라가 되면 함께 귀식대법을 펼쳐 강 아래로 잠적하자. 며칠 지나면 음양살마는 알아서 죽을 거야."

"지금 상태로 귀식대법을 펼친다고 강 아래에서 며칠이나 버틸 수 있겠습니까?"

"버티면 버틸수록 수라가 된 음양살마의 기력도 쇠한다. 그러니 며칠까진 못 가고 깨어나도 승산은 있어. 서로 탈진한 채 아주 개싸움이 되겠지만, 언젠 개싸움이 아닌 적 있었나?"

"……."

"자, 움직이자."

"존명."

신균과 차지연은 우선적으로 가벼운 대원들을 들었다.

그리고 하나둘씩 옮기기 시작했다. 다만 가장 가까웠던 해안가까지 거리가 꽤 되는지라, 전력으로 경공을 펼쳐도 한 번 다녀오는 데 일각 이상 소요가 되었다.

그러면서 단시월은 계속해서 돈사하를 견제했다.

그가 한 번씩 수면 위로 올라올 때면 각풍을 날렸는데, 그때마다 살얼음이 깨지면서 다시 강 아래로 추락하는 대원들이 발생했다.

돈사하는 그것을 의도적으로 노리고 움직였다.

그렇게 돈사하의 잔꾀에 의해서 다시 강물 속으로 추락하여 돈사하의 먹잇감이 된 흑룡대원들이 점차 늘어나기 시작했고, 그 수는 총 이십 명 가까이 되었다.

마지막 대원까지 대피시키고 돌아온 신균과 차지연이 단시월에게 다가갔다.

단시월과 돈사하가 서로를 견제하던 그곳은 각풍의 여파로 인해서 살얼음보다는 물이 더 많이 보였다.

신균이 물었다.

"음양살마가 몇 번이나 호흡했지?"

단시월은 돈사하에게서 시선을 고정한 채로 대답했다.

"아, 그게 흐음. 한 네 번인가? 다섯 번인가? 뭐, 그렇습니다. 그것도 최선으로 막은 겁니다."

"도주하지도 않았고, 강 아래로 숨어들지도 않았군."

옆에 있던 차지연이 덧붙였다.

"그만큼 호흡이 절실한 겁니다. 강 아래에서 싸우실 때 어떠셨습니까?"

신균은 아까 전의 상황을 별로 떠올리고 싶지 않았다.

"서로 각자의 무기에 강기를 지속적으로 불어넣으면서 씨름했다. 물속이라 일반적인 초식은 아무짝에도 소용없으니, 싸움 같지도 않은 싸움이었지. 누가 숨을 더 잘 참는지 내기하는 기분이었어."

강기를 지속적으로 불어넣는다는 건 그만한 내력을 소모하는 것이다.

무림인이 가진 초인적인 힘이 내력에 기반하니, 내력을 지속적으로 소모하는 만큼 무림인의 몸은 범인의 그것처럼 약화된다.

차지연이 말했다.

"그럼 음양살마가 연기하고 있는 건 아니군요."

"아닐 거다. 전심으로 호흡이 간절할 거야. 그래서 잠수하지도 못하는 것이겠지."

"그럼 계속 견제하면서 그를 한계까지 몰아붙이면 그도 결국 선을 넘고 수라가 되는 수밖에 없을 겁니다."

신균은 고개를 끄덕였다.

"그가 모든 위험을 무릅쓰고서라도 강 밖으로 나오는 그 순간이 바로 수라가 되는 순간이다. 그땐 누구 한 명 죽어도 이상할 거 없으니까, 즉시 강에 몸을 던지며 귀식대법을 펼쳐라. 날 믿어."

"……."

"……."

신균은 보법을 펼쳐 한쪽으로 가면서 단시월과 차지연에게 신호를 보냈다.

삼각형을 그리라는 그 신호에, 차지연과 단시월은 보법으로 위치를 바꿔서 삼각형의 중앙에 돈사하를 두었다.

신균이 사슬낫을 오른손으로 잡아들며 말했다.

"지금부터 음양살마에게 단 한 번의 호흡도 허락하지 않는다."

"존명."

"존명."

그 뒤, 그 셋의 시선은 오로지 돈사하를 향했다.

돈사하는 수면에서 대략 이 척 정도 되는 깊이에서, 검은 눈동자로 신균, 차지연, 단시월을 번갈아 보았다.

그들은 돈사하를 내려다보면서도 전혀 공격할 생각을 하지 않는 듯했다.

돈사하가 일부러 빈틈을 보여도 끝까지 공격하지 않았다.

돈사하는 그들의 의도를 파악했다.

숨을 쉴 수 있는 그들은 호흡을 통해 계속해서 내력을 회복한다.

하지만 물 아래 있는 그는 내력을 회복할 방도가 없다.

이를 이용하여 싸움을 길게 가져가려는 심산인 것이다.

돈사하가 회복할 수 있는 한 가지 방법이 있다면, 바로 내력을 마공으로 증폭하는 것이다.

하지만 돈사하는 이미 그 방법을 여러 차례나 사용하여 강기 씨름을 했다.

심력도 바닥이 난 지금 상태에서 더 마공을 폭주시켰다간 정말로 마성에 젖어 수라가 될 가능성이 컸다.

돈사하는 이리저리 헤엄치며 기회를 노렸다. 그러나 도저히 호흡할 틈이 나오지 않았다.

머리카락 하나라도 물 밖으로 나왔다간 세 방향에서 쏘아지는 발경에 의해 먼지가 될 것이 자명했다.

유일한 수는 바로 잠수하는 것.

즉 더 깊은 물로 들어가 몸을 숨기고 다시 떠오를 기회를 노리는 것이다.

어차피 더 호흡할 수 없다면, 그것이 가장 현명한 방법인 것이다.

"큽."

잠수해야 한다는 생각을 하자마자 본능이 고개를 쳐들었다.

돈사하는 서둘러 벌어지는 입을 틀어막았다.

그러곤 천천히 눈을 감으며 호흡하고자 하는 본능을 다스렸다.

팔 한쪽을 내어주고서라도 숨 한번 마시는 게 가능하다면 이미 팔을 잘랐을 만큼이나 호흡을 하고 싶었다.

단지 호흡 한 번 하는 것으로 죽음에 이른다는 그 사실 하나 때문에 초인적인 인내심을 발휘하여 강 아래 있는 것이다.

하지만 이미 심력도 바닥난 상태.

본능을 다스릴 수 있는 힘이 전무했다.

이성은 한없이 멀어지기 시작했고, 입을 잡은 손에선 힘이 빠졌다.

"꼬르륵."

기도가 열리고 마지막 공기를 뱉어냈다.

그리고 그의 폐속으로 물이 들어차기 시작했다.

죽음을 직감한 돈사하의 몸이 여러 차례 떨렸다.

으드득거리는 소리가 반복적으로 들리더니, 곧 하늘에 이르는 살기가 그의 몸에서 뿜어졌다.

"지금!"

풍덩. 풍덩. 풍덩.

신균과 단시월, 그리고 차지연은 동시에 강물에 몸을 던지며 그대로 귀식대법을 펼쳤다.

눈이 뒤집히고, 심장이 멈추며, 숨이 끊겨 버린 그들의 몸은 마치 시체처럼 굳었고, 곧 돌덩이처럼 강물 아래로 가라앉기 시작했다.

막 수라가 된 돈사하는 그들과 다른 시체를 구분하지 못했다.

돈사하는 헤엄쳐서 한 살얼음 위로 올라왔다.

가공할 마기가 진득하게 뿜어지며 연기처럼 그의 육신에서 피어올랐다.

"크흐흡! 하아아! 크흐흡! 하아아! 크흐흡! 하아아!"

돈사하는 마치 세상의 모든 공기를 마셔 버릴 것처럼 호흡했다.

그러곤 짐승처럼 그르렁거리며 사방을 두리번거렸다.

그는 잔뜩 충혈된 눈으로 보름달을 바라보더니 이내 중얼거렸다.

"천살(擅殺). 천살. 천살. 천살. 천살. 천살. 천살. 천살. 천

살. 천살. 천살. 천살."

몸을 부르르 떨었다.

눈도 수시로 깜박였다.

그의 몸에서 뿜어진 살기는 서서히 파양호 전역으로 확산되었다.

그에 놀란 파양호의 모든 새들이 하늘 위로 날아오르기 시작했다.

얼마나 지났을까?

돈사하는 갑자기 한쪽으로 고개를 돌렸다.

그곳엔 도도한 학처럼 평온한 자태를 뽐내는 나지오가 물 위에 서 있었다.

그는 태극지혈을 꺼냈고, 그의 검에서부터 매화향이 흘러나오기 시작했다.

"이야, 말로만 듣던 수라인가? 좋아. 꼬맹이가 올 때까지 놀아주마."

순간, 살기가 모조리 사라졌다.

돈사하는 서서히 굽은 등을 펴곤 바로 섰다.

사시나무처럼 떨리던 그의 몸도 안정을 되찾았고, 끊임없이 천살이라 중얼거리는 그의 입에서도 아무런 말이 흘러나오지 않았다.

그리고 마구 깜박이던 그의 눈도 멍하게 변했다.

혹안(黑眼)과 무안(無眼)이 나지오에게 고정되었다.

나지오는 오른 다리를 축으로 삼고 태극지혈을 곱게 옆으로 뻗더니, 빙글 하고 온몸을 돌려 다시 제자리를 찾았다.

그 회전의 중심이 되었던 태극지혈은 조금도 움직이지 않았는데, 다섯 개의 검강이 뿜어졌다.

백색의 다섯 검강은 은은한 연분홍빛을 뒤에 뿌리며 돈사하에게 쇄도했다.

돈사하는 방긋 웃더니 양손을 쫙 하고 뻗었다.

그러자 망사가 그의 손에서 돋아나 마치 날개처럼 뻗어나갔다.

그리고 나비가 날개를 접는 것처럼 돈사하를 감싸 안았다.

콰콰콰쾅!

연속적으로 충돌한 검강은 돈사하의 코앞에서 망사와 부딪쳐 폭발했다.

엄청난 열기가 들이닥치는데도 불구하고 돈사하는 조금도 움직이지 않았다.

그는 대신 양손을 마구잡이로 휘두르며 망사로 사방을 공격했는데, 그 실 하나하나에 모두 강기가 담겨 있었다.

"빈틈."

나지오는 짤막하게 말하면서 오행매화보(五行梅花步)를 펼쳐 그 망사의 틈으로 파고들었다.

오행의 기운을 담은 그 보법은 그물처럼 옥죄는 망사 안에서 이리저리 생로(生路)를 만들어내었고, 나지오는 마치 검무(劍舞)를 추듯 그 길 위로 아슬아슬하게 움직였다.

돈사하의 망사가 수십 번이고 그를 베어버리려 했지만, 그의 몸은커녕 그의 옷깃조차도 건들지 못했다.

아름다움을 추구하는 화산의 검공은 그 옷깃 하나하나, 머릿결 하나하나조차 검공의 조화에 참여하기 때문이다.

나지오는 망사와 완전히 동화되어 하나처럼 움직였고, 때문에 돈사하는 나지오의 움직임과 망사의 움직임을 구분하지 못하게 되었다.

그러나 그 완벽한 조화를 깨부수는 것이 있었으니, 바로 태극지혈이었다.

태극지혈은 주변 흐름에 전혀 동화되지 못하고 그저 돈사하를 찌르고 있었다.

태극지혈을 막기 위해서 그것을 휘감은 망사는 닿는 즉시 잘려 버렸기에 태극지혈의 움직임은 거침없이 나아갔다.

태극지혈의 끝이 돈사하의 코앞에 다가왔을 때, 화산파가 자랑하는 이십사수매화검공(二十四手梅花劍功) 중 매향침골(梅香浸骨)이 펼쳐졌다.

연홍빛의 검강이 돈사하의 가슴팍을 뚫었다.

"으윽."

수라에게서 나올 수 없는 소리가 나왔다.

그것은 고통의 소리. 완전히 마성에 젖어 고통을 절대로 느낄 수 없는 수라가 내는 고통의 소리는 고통으로 인한 것이 아니다.

그것은 마성을 잃을 때의 소리. 가슴에서부터 올라오는 매화향은 마성에 완전히 젖은 돈사하의 뼈에 점점 잠식하기 시작했다.

검은 연기가 뿜어지는 그 상처는 서서히 매화향으로 가득해져만 갔고, 마기는 매화향으로 완전히 뒤덮여 그 존재가 사라졌다.

돈사하는 사나운 맹수처럼 으르렁거렸다.

"천! 살!"

그의 육신이 서서히 검붉게 올라오기 시작하자 그것을 본 나지오는 전속력으로 뒤로 물러났다.

콰과광!

수라의 호신강기는 엄청난 폭발을 일으키며 굉음을 내었다.

그러자 주변 살얼음이 깨어지며 물보라를 일으킨 것도 모자라 모두 증발시켜 자욱한 수증기를 만들었다.

그곳으로부터 이미 수십 장이나 멀어진 나지오는 손을 눈

위로 가져가면서 눈초리를 좁혔다.

"이야. 저 정도면 내 몸도 남아나질 않겠는데? 장난 아니군. 괜히 수라가 아니라……."

쉬이익!

나지오는 말을 끝내지 못하고 태극지혈을 휘둘렀다.

그러자 그를 향해 쏘아진 망사가 태극지혈에 감겨들어 갔다.

나지오는 강기를 주입하여 그것을 털어내려 했지만, 망사는 검은 연기를 뿜어내며 그 강기에 대항했다.

쉬이익!

그리고 또 하나의 망사가 하늘에서부터 내려오기 시작했다.

나지오는 이를 악물더니 왼손에까지 내력을 모아 매화장공(梅花掌功)을 펼쳤다.

장공에 맞은 망사는 그 궤도가 살짝 틀어져 나지오의 왼쪽 뺨 옆으로 아슬아슬하게 지나갔다.

나지오는 양손을 뻗어 태극지혈을 잡았고 다시 허리를 감았다가 돌리면서 검무를 추었다.

휘리릭!

그 회전력에 망사의 검은 연기가 벗겨지자 망사 역시도 벗겨졌다.

돈사하는 즉시 수면을 밟으며 나지오에게 달려들었다.

나지오는 묘한 웃음을 얼굴에 띠우고 검무를 추며 한쪽으로 움직였다.

마치 돈사하가 그를 따라오는 것을 모르는 것 같았다.

검을 허공에 휘두르며 춤을 추는 듯 움직이는 나지오.

그리고 그의 뒤를 쫓는 돈사하.

처음에는 돈사하의 속도가 빨라 그 둘의 거리는 서서히 줄어들고 있었다.

하지만 어느 순간부터인지 돈사하의 속도가 서서히 줄어들기 시작했다.

또한 방긋 웃은 채로 굳어 있던 돈사하의 표정에 어느샌가부터 몽롱함이 자리 잡기 시작했다.

이십사수매화검공(二十四手梅花劍功) 매향취접(梅香醉蝶).

한 마리 나비가 된 돈사하는 태극지혈에서부터 뿜어지는 매화향에 취해 서서히 마성을 잃어버리기 시작했다.

곧 마기도 사라졌고, 살기도 사라졌다.

돈사하는 오로지 나지오의 뒤를 쫓는 것만이 전부인 것처럼 그를 따라갔다.

나지오는 끊임없이 검무를 추면서 슬쩍 하늘을 보았다.

그곳에는 거대한 학 위에 앉아 나지오와 돈사하의 묘한 술래잡기를 거만한 눈길로 내려다보고 있는 한 남자아이가 있었다.

나지오는 그 남자아이에게 전음을 보냈다.

[언제까지 쳐보고 있을 생각이냐, 버릇없는 꼬맹아. 앙?]

남자아이는 입술을 삐쭉이더니 어깨를 들썩였다.

그 모습이 꼭 피월려를 보는 것 같아서 더 분노가 치밀었다.

"천살……."

나지오는 뒤에서 들린 낮은 읊조림에 눈을 번쩍 뜨더니 다급하게 마음을 가다듬었다.

조금이라도 돈사하의 살심을 자극하면 그가 매향취접에서 깨어날 가능성 있어 분노 같은 감정을 품어서는 절대로 안 된다.

남자아이는 그런 나지오의 꼴을 내려다보며 겨우 웃음을 참았다.

*      *      *

악누는 패천후와 눈길이 마주치자 의도적으로 눈빛에 살기를 담아 패천후를 보았다.

패천후는 뜨끔하더니 곧 고개를 돌리고 황만치와 이야기를 주고받기 시작했다.

악누는 다시 말하기 시작했다.

"오행과 그 안의 상성 상극관계에 대해선 알고 있겠지."

피월려는 고개를 끄덕였지만 시록쇠는 팔짱을 끼고 시큰 둥하게 대답했다.

"노부는 모른다."

악누는 어이없다는 듯 시록쇠를 돌아보며 말했다.

"하! 아무리 마공을 익혔다고 하나, 오행도 모른다고?"

"노부의 무학엔 없는 것을 노부가 왜 알아야 해, 악 형?"

시록쇠의 뻔뻔함에 악누는 기가 차는 듯했다.

"본좌가 파락호였을 때도 그건 알았다, 시 형. 시 형은 온 갖 교육은 다 받은 부잣집 도련님으로 기억하는데?"

"흥. 노부는 귀찮은 건 안 배웠어. 그리고 원래 못 배운 자 들이 사는 데 필요도 없는 지식에 집착하게 마련이지."

"……."

실제로 파락호 시절, 동생 몰래 은근히 돈을 모아서 음양 오행에 관한 서적을 사서 익혔던 악누는 허를 찔려 말을 하 지 못했다.

그는 서른 살이 되도록 글을 모르다가 어느 정도의 위치에 올라서고 나서부터 생긴 열등감에 이것저것 닥치는 대로 익 혔고, 음양오행도 그중 하나였다.

차라리 악누가 익힌 마공에 오행의 원리가 있었다면 그것을 위한 것이라 변명이라도 하겠는데, 그와는 전혀 상관이 없었다.

시록쇠가 말했다.

"그래서, 악 형. 오행에 관해 설명해 줄 터인가?"

악누는 잠시 뜸을 들이다가 이내 설명하기 시작했다.

"음양오행에는 다섯 가지 속성, 목(木), 화(火), 토(土), 금(金), 수(水)의 운행변전(運行變轉)을 이야기하느니라. 이에 상생설(相生設)과 상극설(相剋設)이 추가되었는데, 상생설은 목생화(木生火), 화생토(火生土), 토생금(土生金), 금생수(金生水), 수생목(水生木)를 말함이고, 상극설은 목극토(木剋土), 토극수(土剋水), 수극화(水剋火), 화극금(火剋金), 금극목(金剋木)를 이야기하느니라."

"그래서?"

"사방신은 각각 오행의 속성에 속하는데, 주작은 화, 현무는 수, 백호는 금, 청룡은 목이니라. 이에 따라 각각의 사방신의 기운을 타고난 신체는 그것과 연관되는 오행의 속성을 타고나게 마련이니라."

시록쇠는 심드렁하게 물었다.

"토는 뭐지? 그건 왜 쏙 빼놔?"

"토는 황룡. 다시 말하면 인간이 타고나는 신체 그 자체이니라."

"아, 기본적인 신체가 토란 말이냐?"

"사람은 흙에서 나고 흙으로 돌아가지."

"그렇지."

악누는 팔짱을 끼고 설명을 계속했다.

"인간 본연의 신체가 아니라, 다른 사방신의 기운을 타고 난 지체에는 이름이 있느니라. 예를 들어 주작의 기운을 타고나면 순양지체(純陽之體) 혹은 태양지체(太陽之體)라고 한다. 백호의 기운을 타고나면 천살성이며, 다른 지역에선 천 랑(天狼)라고도 한다. 뭐, 이름은 중요하지 않느니라. 시대마다 다르고, 지역마다 다르고, 학문마다 다르니, 뭐라 이름을 붙여도 정확하지 않느니라. 여기까진 이해했느냐, 시 형?"

시록쇠는 얼굴을 매만지면서도 계속하라며 손을 저었다.

그의 흉악한 외모와 화끈한 성격은 딱 일자무식 도객의 그것이지만, 사실 천마신교 내에서도 알아주는 머리다.

특히 사무적인 감각이 뛰어나 교육부 장로로 있으면서 수 많은 업적을 이뤄냈다.

그런 그에게 있어 악누가 하는 설명 정도는 따로 무공 수 련을 하면서 들어도 이해할 수 있었다.

악누가 말을 이었다.

"각각 사방신의 기운을 타고나는 지체들은 본래 극도로 낮은 확률로 세상에 모습을 드러낸다. 그리고 본래 인간이 가지고 있는 토의 속성과 섞여, 신체가 뒤바뀌느니라."

"흐음."

시록쇠는 잠시 고개를 갸웃하다가 곧 턱을 매만지며 두어
번 느리게 고개를 끄덕였다.

악누가 말했다.

"이것이 자연적으로 존재하는 지체들이다. 하지만 천 년
전, 천마 시조께서 현무를 봉인하고 그 힘을 인위적으로 갈
취하여 신체를 만들었으니라. 본래 둘인 현무를 떨어뜨려 놓
고 그로 인해 생기는 기운, 바로 마(魔)를 생성하여 인간의
신체를 뒤바꾸는 것이지. 그것이 바로 역혈지체. 역혈지체는
오행적으로 봤을 때, 수(水)의 반대인 반수(反水)의 속성을
가지고 있어 상생상극이 뒤바뀌게 되느니라."

"……."

"이를 보고 북해빙궁에서도 비슷한 일을 저질렀느니라.
그들은 한술 더 떠 자신들의 무공에 알맞은 속성을 얻기
위해서, 의도적으로 주작을 봉인시켜 그로 인해 한(寒)을
추출하여 천음지체를 만들려 했다. 그러나 실패했느니라.
천음지체는 주작의 반대인 반화(反化)의 속성을 가지고 있
다. 따라서 화생토가 역으로 작용하여 상극이 되어서 반화
는 토를 상극한다. 이에 따라 사람의 몸이 버티질 못하는
것이니라."

완전히 이해하지 못한 피월려가 질문하려는데 시록쇠가 먼저 물었다.

"그러면 천마 시조께서 마단으로 역혈지체를 만드는 것이 가능했던 건, 역혈지체가 반수의 속성을 가지고 있어 토극수가 상생으로 뒤바뀌어서 그런 것인가?"

"그렇다, 시 형. 정확하게 이해하고 있군."

"흐음……."

피월려는 그 말을 듣고서야 어느 정도 이해할 수 있었다.

그리고 그것으로부터 더 나아가 몇 가지를 추측할 수 있었다.

토 생 반수! 신체가 역혈지체를 돕는 것.

토 생 금! 신체가 천살지체를 돕는 것.

금 극 반수! 천살지체가 역혈지체를 억누르는 것.

반수 극 목! 역혈지체가 용아지체를 억누르는 것.

반화 극 토! 천음지체가 신체를 억누르는 것.

반수 극 반화! 역혈지체가 천음지체를 억누르는 것.

반화 생 금! 천음지체가 천살지체를 돕는 것.

그 때문에.

사람은 마인이 될 수 있고,

천살성은 신체가 바뀌어도 수명의 제약이 없고,

역혈지체를 이룩한 천살성은 마공이 아닌 특수한 살공을

써야 하고,

마인이 된 용아지체는 뼈로 내력을 흡수하지 못하고,

천음지체의 수명이 짧은 것이고,

마인이 된 천음지체는 안정성을 되찾고,

그리고.

진설린처럼.

이명공주처럼.

제갈미처럼.

"천음지체는 천살성처럼 살성이 생기게 된다."

피월려의 독백은 너무나 작아서 악누나 시록쇠에게 들리지 않았다.

시록쇠는 피월려를 향해 턱짓을 하며 악누에게 말했다.

"그래서 이 녀석이 천살가는 앞으로 천살지체에서 벗어나 새롭게 될 거라는 건 무슨 뜻이냐?"

악누가 대답했다.

"말 그대로다. 천마신교에서 반수의 속성을 지닌 마단을 만들 듯, 천살가에선 반금의 속성을 가진 혈단을 인위적으로 생성할 것이니라. 그로 인해서 지체를 인위적으로 만드는 것이지."

"그럼 천살지체와 반대 속성을 지닌 지체가 탄생하는 거 아니냐? 저놈처럼 고요하기 짝이 없는 놈들 말이다. 그게 무슨 천살가의 일원이야? 오히려 적이면 적이지."

"꼭 그렇지만도 않느니라. 저놈을 보면 알지. 천살성과 묘하게 비슷하면서도 다른 그것이니라. 우리가 가진 개성이나 본래의 성격 및 성정까지는 바뀌지 않아. 그저 속성이 변할 뿐이니라."

"……."

"형님을 만나면 더 자세히 말해봐. 어차피 형님과의 대화를 위해서 도를 거둔 것 아닌가, 시 형."

시록쇠는 코웃음을 치더니 말했다.

"형님과 대화해서도 노부의 마음이 바뀌지 않는다면, 그때는 다시 생사혈전을 재개한다."

"본좌는 환영이니라."

악누와 시록쇠는 서로를 향해 살기 돋은 미소를 지어 보였다.

그들은 그렇게 남창 인근에 도착했다.

그곳에는 남궁세가에서 썼던 그 거대한 보선이 정박해 있었는데, 패천후가 먼저 올라가고 모두 그의 뒤를 따라 갑판으로 올라갔다.

갑판의 정중앙엔 세 사람이 있었다.

천살가 가주 음양살마 돈사하는 가부좌를 튼 채 공중부양을 하고 있었다.

제갈세가의 마지막 후손 제갈극은 눈을 감고 조용히 주문을 읊조리고 있었다.

화산파 태룡마검 나지오는 방긋 웃으며 일행을 맞이했다.

그가 말했다.

"후우? 말로만 듣던 천살가로군. 이 야밤에도 이토록 짙은 살기를 뿜어내다니. 인사하지, 태룡마검 나지오다."

흠진이 먼저 그를 알아보고 말했다.

"부, 부교주?"

"아, 맞아. 천마신교에는 탈교가 없지. 내 직위도 그대로 유지되는 건가?"

"그것이 사망 처리 되어서……."

나지오는 어깨를 들썩였다.

"뭐, 그렇다면 어쩔 수 없지."

때마침 눈을 뜬 제갈극이 그 모습을 보곤 나지오에게 말했다.

"본좌가 말했지 않았느냐? 어깨를 들썩이는 건, 심검마의 버릇이 아니라 네 버릇이라고."

나지오가 얼굴을 찌푸리더니 제갈극에게 말했다.

"뭐? 내가 방금 했다고?"

"방금 하지 않았느냐?"

"……"

"심검마에게 물어보거라."

나지오가 피월려에게 고개를 돌리자 피월려가 어깨를 들썩였다.

"생각해 보면 나도 나 선배를 따라했던 것 같소."

나지오는 얼굴을 더욱 찌푸리더니 이내 제갈극과 피월려를 번갈아 보며 말했다.

"아니야. 그럴 리가 없지. 저런 재수 없는 몸짓을 내가 먼저 했다고? 농이 지나쳐."

"……"

"……"

"하아. 이것들이 누굴 뭘로 보고 놀리려고?"

"내가 봐도 지오의 버릇 같은데?"

나지오는 순간 뒤에서 들린 소리에 고개를 확 젖혔다. 그곳엔 어느새 무아지경에서 깨어난 돈사하가 그를 내려다보고 있었다.

나지오가 말했다.

"끝난 거야? 벌써?"

돈사하가 말했다.

"아직 조금 더 운용해야 하지만, 손님이 왔으니 나중에 해도 돼."

"그, 그래?"

"응."

"……"

미소 짓는 돈사하를 보며 나지오는 온몸에 벌레가 기어 다니는 듯한 기분을 느꼈다.

돈사하가 묘하게 반말을 쓰는 터라, 꼭 오랫동안 알았던 친구처럼 연기를 하고 있는 것 같았기 때문이다.

패천후는 주변을 둘러보며 말했다.

"서로 대화를 나눠야 할 점이 많은 것 같은데, 안으로 들어가서 하도록 하는 것이 어떻소?"

그의 말에 번뜩 정신을 차린 시록쇠가 조금 큰 목소리로 돈사하에게 물었다.

"그 전에, 형님. 내게 하실 말씀이 있지 않소?"

돈사하는 나지오에게 던지던 따뜻한 눈길을 서서히 시록쇠와 악누에게 옮기더니 눈을 몇 번이고 깜박였다.

"그러고 보니, 둘 다 살아 있네?"

"……"

"솔직히 둘 중 한 명은 죽었으리라 생각했어. 아니면 둘 다 죽든가. 근데 이렇게 둘 다 살아 있다니 정말 의외야. 어떻게 된 일이야?"

시록쇠는 숨을 한 번 내쉬며 살기를 뿜어냈다.

"아니, 그보다 설명을 해보쇼, 형님! 혈교니 뭐니, 무슨 일이오, 도대체?"

당장 도를 뽑아서 휘두를 것 같은 기세에 나지오와 악누의 얼굴이 살짝 굳었다.

그러나 돈사하는 더욱더 깊은 미소를 지으면서 말했다.

"록쇠에겐 미안하지만, 솔직히 기억이 안 나."

"⋯⋯."

"듣기로는 내가 수라가 되었다네? 그래서 그런지 기억이 통째로 날아가 버려서 회복하는 중이었거든."

시록쇠는 입을 딱 벌리곤 다물지 못했다.

그는 그렇게 입을 벌린 채로 나지오와 피월려, 그리고 악누를 번갈아 보더니 도저히 믿기 못하겠다는 듯 자기 이마를 쳤다.

"으아! 형님은 진짜 사람 속 터지게 하는 데 재주가 남다르시오."

"칭찬이지? 고마워."

"⋯⋯."

말을 하지 못하는 시록쇠를 대신해서 악누가 물었다.

"형님. 어떻게 수라가 되셨다가 다시 인성을 되찾으신 거야? 아니, 그보다 애초에 어쩌다가 마성에 젖게 된 거야? 남궁서가 그리 강했어?"

돈사하가 대답했다.

"말했잖아, 기억이 날아가 버렸다고. 그래도 얼핏 기억나는 걸 토대로 생각해 보면 남궁서로 인한 건 아니었어."

"그럼 태룡마검과 싸우다 그렇게 된 건가?"

"그것도 아니고. 듣기로는 흑룡대라는데?"

"흑룡대? 그리고! 저 남아는……."

돈사하가 악누의 말을 잘랐다.

"천후 말대로 서로 할 이야기가 너무 많은 것 같은데, 안에 들어가서 이야기해. 일단 살기도 좀 줄이고. 내가 누누이 말 했잖아들? 그렇게 살기를 풀풀 풍기고 다니면 건강에 안 좋다니까?"

천살성들은 천살가를 한순간에 반토막 내곤 무책임하게 떠나 버렸던 돈사하에게 전혀 불만이 없는 건 아니었다.

그를 따르기로 마음먹었어도 어느 정도 설명은 해줄 것이라 믿었다.

그런데 본인이 기억을 잃어버렸다니, 어떻게 하겠는가?

허무감이 밀려들자 자연스럽게 살기가 줄었다.

그중 시록쇠가 입을 열었다.

"그럼 일단 그거나 알려주시오. 수라에서 인성을 되찾은 거. 옆에 있는 저 술법사가 한 것 같은데, 어린 나이에 아주 실력이 좋군."

제갈극은 턱 하니 팔짱을 끼고 말했다.

"노부의 실력을 강평할 수준이나 되고 하는 말이더냐? 건 방지기는."

시록쇠의 얼굴에 의아함이 가득해졌다.

"여, 연세가 어찌 되시오?"

"종심(從心) 십일 세이니라."

"……."

"왜?"

시록쇠는 말없이 도를 집었다.

하늘까지 미치는 살기.

감히 천기를 흐릴 정도의 엄청난 살기가 시록쇠에게 폭사되어 제갈극에게 떨어졌다.

제갈극은 눈초리를 모으며 입을 꽉 다물었지만, 그의 작은 두 눈에 조금씩 눈물이 고이는 건 막을 수 없었다.

나지오는 슬며시 태극지혈을 꺼내 그 기다란 검신을 옆으로 뻗었다.

그리고 제갈극을 향한 시록쇠의 시선을 정확히 검면으로 가렸다.

태극지혈에서 풍겨 나오는 은은한 매화향이 금세 보선 안을 가득 메웠다.

살기도 마기도 점차 그 매화향에 묻혀 사라졌다.

그 검면을 정면으로 바라보던 시록쇠의 경우에는 마음의

분노조차 가라앉아, 왜 도를 뽑게 되었는지조차 잊어먹을 지경이었다.

그 모습을 보던 흠진이 낮게 중얼거렸다.

"검향(劍香)… 부교주께서는 온전한 화산파의 무학으로 돌아가신 것이오?"

나지오가 말했다.

"본 파의 검향을 아는 모양이야?"

악누가 팔짱을 꼈다.

"소림에 부동심이 있다면, 화산파에는 검향이 있지. 순수한 미(美)를 추구하는 화산파의 검공은 소림파의 불공만큼은 직접적으로 마를 잠재우지는 않지만, 아름다움을 통해 마음을 정화하느니라."

시록쇠는 도를 어깨에 메며 악누에게 말했다.

"아무도 악 형에게 물어본 사람 없다."

"……."

"형님, 독대를 청하겠소. 이번에 진짜 안 받아주면 나도 어떻게 나올지 모르오."

돈사하는 씽긋 웃었다.

"어떻게 나올 건데?"

시록쇠의 몸에서 보선 전체를 덮고 있는 검향을 뚫는 날카로운 살기가 뿜어졌다.

마치 움직이는 가시와도 같은 느낌으로, 끊임없이 억제하려 드는 검향와 씨름을 했다.

"아 글쎄, 나도 모른다고 했지 않소? 하여간 독대할 거요, 말 거요?"

악누도 홈진도 다른 천살성들도 안타깝다는 듯 눈을 감아 버렸다.

그들이 아는 돈사하는 가족이 이렇게 건방지게 나올 경우 가문을 향한 반역으로 간주, 최소 반죽음에 이르게 만들었다.

천살가에 들어오는 천살성들 중에는 자기 몸과 정신이 어떻게 되든 간에, 규율이니 금제에 신경 쓰지 않는 천살성들이 수두룩하다.

그걸 힘으로 찍어 누르는 것도 역대 천살가 가주의 책임이기도 했다.

나지오는 태극지혈을 시록쇠를 향해 뻗으며 말했다.

"그만."

시록쇠는 그것만 기다렸다는 듯, 모든 살기를 모아 나지오에게 집중하였다.

"나지오 부교주. 역혈지체를 철소하는 것도 모자라서 화산파에 다시 기어 들어간 행위는 명백한 배신행위. 장로회를 거칠 것도 없이 척살형이야."

나지오는 지지 않고 대답했다.

"시록쇠 장로. 역혈지체를 철소한다 해서 본 교를 배신했다 말할 순 없지. 즉 화산파에 다시 기어 들어갔다는 게 배신행위라는 건데, 내가 다시 기어 들어갔는지 안 들어갔는지는 장로가 어떻게 알지? 그리고 기어 들어갔다 해도 그것이 자발적인 것인지, 임무 수행인지는 교주에게 물었나? 게다가 장로의 모든 권한은 장로회를 통해 나오는데, 장로회를 개회하지도 않고 부교주인 내게 배신행위니 뭐니 말할 자격은 어디서 나온 거고?"

"……"

"모든 율법을 따져 봐도 장로가 나를 정죄할 근거가 없잖아? 척살형 같은, 본 교의 힘을 장로가 홀로 동원할 수 없어. 유일한 건, 모든 율법 위에 있는 절대율법 강자지존을 통한 개인적인 처벌. 어때? 장로가 나보다 강자임을 증명할 건가?"

시록쇠는 새하얀 이를 드러냈다.

그때, 돈사하가 말했다.

"좋아. 록쇠 말대로 하지. 따라와."

그의 말 한마디에 담긴 묘한 공허함은 나지오와 시록쇠 사이에 생긴 기류를 일순간에 환기시켰다.

시록쇠는 떨떠름한 표정을 짓더니 곧 도를 거두었다.

돈사하가 나지오에게 말했다.

"지오는 다른 사람들을 맡아줘. 록쇠는 내가 설득하지."

"……."

"부탁해."

돈사하는 천천히 걸음을 옮기기 시작했고, 시록쇠는 나지오를 끝까지 노려보면서 그를 따라 걸어갔다.

그들이 갑판 아래로 사라질 때까지, 나지오와 시록쇠의 눈싸움은 이어졌다.

돈사하와 시록쇠의 모습이 사라지자, 악누가 나지오에게 말했다.

"부교주와 시가 놈은 낙양지부에선 꽤 잘 지냈다 들었는데?"

나지오는 어깨를 들썩였다.

"저 늙은이가 떼써서, 대작 좀 해줬었지."

"……."

"하여간 유혈 사태 없이 끝나서 다행이야. 한번은 휘두를 거라 생각했는데, 돈 가주가 많이 협조해 주는군. 다들 따라와, 자리를 마련했으니 거기서 이야기나 좀 나누자고."

그 뒤, 피월려 일행과 나지오 일행은 모두 나지오를 따라 큰 방에 들어갔다.

　돈사하와 시록쇠를 제외한 모든 인원이 한 방에 모여 이야기를 나누는 사이, 돈사하와 시록쇠는 천천히 배의 가장 밑바닥까지 내려가고 있었다.

　한 층씩 내려갈 때마다 어둠이 한 층씩 더 짙어지는 것을 확인한 시록쇠가 돈사하에게 말했다.

　"형님, 날 죽이기 더 편한 곳으로 가는 거요?"

　돈사하는 걸음을 멈추지도, 고개를 돌리지도 않으며 대답했다.

　"뭣하면 내 마음을 봐. 네게 살심을 품었는지."

　"형님의 마음은 너무 고요해서 잘 보이지 않소. 천살성 중 형님만큼 살기를 잘 다루는 사람이 어디 있다고……."

　"월려 있잖아."

　"……."

　"안에 품은 백호의 살기를 소림파의 부동심으로 조절하는 걸 보면 정말 웃기지도 않지. 신살을 마음대로 뿜어내니, 누가 그를 향해 살심을 품겠어. 그 살심조차 죽여 버리는데."

　시록쇠는 상록거수에서 피월려가 내뿜던 살기를 떠올렸다.

살기를 죽이는 살기를 온몸으로 느끼면서, 체력도 내력도 없는 노인에게 경외감을 가지게 된 그때의 기억. 아직 완전히 가시지 않은 그 신선한 충격을 다시금 기억하며 시록쇠가 나지막하게 중얼거렸다.

"나는 형님이 혈교주라 생각했소."

"결국엔 그렇게 되겠지."

순간 시록쇠의 눈썹이 꿈틀거렸다.

"무슨 뜻이오?"

"말 그대로야. 내가 혈교주가 될 거라는 거지."

돈사하는 마지막 계단을 내려가기 시작했고, 점차 어둠에 먹히기 시작했다.

시록쇠의 안력으로 어떤 색도 분간할 수 없을 정도의 칠흑 같은 어둠이 그 마지막 밑바닥에 있었다.

시록쇠는 잠시 머뭇거렸다.

살수와 무인의 싸움은 천마급이 되었다고 해서 그 근본까진 바뀌지 않는다.

한 치 앞도 분간할 수 없는 어둠 속에서 돈사하가 그를 죽이기로 마음먹는다면 정말 손 한 번 제대로 못 써보고 죽을 것이 분명했기 때문이다.

시록쇠는 침을 한 번 꿀떡 삼키고는 발을 내디뎠다. 그렇게 밑바닥까지 내려갔다.

갑자기 혼자가 된 기분. 시록쇠는 돈사하의 기척을 전혀 느낄 수 없었다.

빛도 소리도 없는지라 그의 감각은 점차적으로 예민해져만 갔는데도 불구하고 돈사하의 존재감을 일말도 느낄 수 없었다.

하다못해 체온으로 인한 공기의 흐름조차도 존재하지 않았다.

"죽일 생각 없으니 살심을 잠재워."

"……."

시록쇠는 놀랐다.

정말 얼마 만에 놀랐는지, 자기가 놀랐다는 사실에 또 놀랐다.

일 장 정도 앞에서 갑자기 튀어나온 돈사하의 목소리는 계속되었다.

"살기란 본래 짐승의 본능이지. 내 삶을 위해서 다른 삶을 죽이는 동물들의 것이야. 맹수가 그 먹이를 바라볼 때 자연스레 흘러나오는 기운… 그것이야말로 가장 순수한 형태의 살기지."

"……."

"하지만 그 반대도 작용해. 궁지에 몰려 도저히 도망할 곳이 없는 생쥐는 고양이에게 살기를 품지. 고양이를 죽이지 못하면 자기가 죽으니까. 그 순간만큼은 작디작은 생쥐도 자기보다 몇 배나 몸집이 큰 고양이와 같은 입장이 되는 거야. 고양이도 생쥐를 죽여 먹지 못하면 자기가 죽고, 생쥐도 고양이를 죽여 도망가지 못하면 자기가 죽으니까."

"……."

"그것이 살기(殺氣)의 본질. 살리(殺理)야. 내가 살기 위해 모순을 품는 그 마음이지. 결국 생존 본능이 없다면 살기도 없어. 천살성이 하늘에 미치는 살기를 품을 수 있는 것도 그만큼 자기의 생존 본능이 강렬하기 때문이야."

시록쇠는 코웃음을 한번 치더니 그 자리에 털썩 주저앉았다.

반퇴좌(盤腿坐)를 한 채 도를 앞으로 가져오고 그 도에 무게를 실으며 반쯤 기댄 그가 말했다.

"그런 잡설을 하려고 날 이곳에 부른 거요?"

"왜? 월려는 좋아하던데?"

"난 하나만 알면 되오."

"뭘?"

"형님이든 심검마든 누가 됐든 간에, 본 가에서 천마신교의 교주를 배출하실 거요?"

"그게 록쇠에겐 그렇게 중요해?"

"내겐 그것이 혈교주이오."

"그래? 그토록 중요한 거면 왜 본인이 안 해?"

"……"

"본인이 되려 하면 되잖아? 왜 다른 누군가가 다른 누군가의 혈교주가 되는 것을 바라기만 하는데? 무슨 이유야?"

시록쇠는 잠시 말없이 숨을 거칠게 내셨다.

"난 글렀소."

"……"

"내 도는 녹슬었고, 육신은 쇠했지. 마성에 젖지 않게 버티고 있는 것만으로도 용하지. 철령도첨살마무의 특성상 마기에 크게 의존하지 않기에 그마나 아직까지 살아 있는 거요."

"이런 슬픈 이야기를 들을 줄은 몰랐는데."

시록쇠는 자신의 주름진 얼굴을 매만졌다.

전보다 더 많아진 듯했다.

"낙양지부에서 싸움이 있었소. 십여 년 만에 몸 좀 풀어볼까 해서 아이들의 부탁을 들어줬소. 진법의 핵 하나를 보호하는 거였지."

"아, 말했던 것 기억나."

"그때 내상을 입었소. 정말 별것도 아닌 놈들한테. 전 같았으면 춤사위 한 번에 혼까지 탈탈 털어먹을 놈들한테 말이오."

"……."

"한순간 다리가 말을 듣지 않았소. 정말 미세하게 삐끗했지. 나 스스로도 이건 괜찮다 싶을 정도로 작은 흔들림이었소. 그런데 그 태원이가 놈이었나? 하여간 그걸 간파한 놈이 있었소. 실력은 형편없었는데, 왜 그 싸움 자체에 타고나는 그런 놈들 있잖소? 지도 그게 흔들림인지 모르지만, 그냥 약점이 보이기에 검을 날리는 거 같았소. 그걸 막아내느라 무리하게 내력을 동원해서 피를 좀 토했지."

"고생했군."

"아시다시피 안정적인 지마에 머무르기를 거부하고 천마급에 이른 놈들은 하나같이 강골들이오. 아무래도 시시한 장로 자리에는 잘 도전하지 않소. 교주가 되면 됐지, 뒷방 늙은이가 되고 싶지는 않은 것이겠지. 장로란 자리가 그런 거 아니겠소? 그래서 이렇게 실력이 쇠했음에도 아직까지 살아 있는 것이오, 나는."

"흐음."

그는 눈에 손을 가져가 눈알을 지그시 누르며 말했다.

"아까 악누와 일전을 벌이는데도 다리가 이상한 걸 느꼈소. 아니, 몸이 하나처럼 움직이는 춤사위에 다리가 이상하고 팔이 이상하고 그런 게 어디 있겠소? 그냥 몸이 이상한 거지. 싸움이 진행되는 동안, 점차 이상함을 느낀 악누도 손속에

사정을 두기 시작했지. 아마 그걸 지켜보던 가족들도 다 느꼈을 거요. 그래서 다들 그리 열받았을 거야. 흠진 그놈은 진짜 용케 견뎠지."

"……."

"씨발."

시록쇠는 양 눈을 누르는 손에서 힘을 빼지 않았다.

한동안 침묵이 자리했다.

손을 눈에서 뗀 시록쇠가 고개를 저으며 중얼거렸다.

"진짜 좆같소, 형님. 너무 좆같아서 죽어버리고 싶어. 부교주의 향검에 죽었다면 그나마 면은 살았겠지. 그걸 막았소, 형님은."

"……."

"맞소. 혈교주니 뭐니 하는 건 변명일 뿐이오. 진짜라면, 내가 스스로 되려고 도전했겠지. 형님 말이 다 맞소. 남들이 하기 귀찮아하는 짓거리를 하며 스스로 본 교에 충성한다는 일념을 품은 이유도 다 그런 이유에서 그런 것이오."

"그렇군."

"죽이려면 죽이시오. 나도 내가 살아 있는 것이 비참하니, 형님 손에 죽는다면 나도 환영이오. 향검에 죽는 걸 막았으니, 형님도 일정 책임이 있는 거 아니오?"

평생을 같이한 도신에 몸을 기댄 노구에는 힘이 없었다.

돈사하가 말했다.

"그럼 이렇게 하지."

"……."

"혈교주는 네가 해."

돈사하의 말에 시록쇠의 눈이 두 배로 커졌다.

# 제일백십장(第一百十章)

모두 자리하자 악누가 기다렸다는 듯이 말했다.

"모든 일을 논하기 앞서, 저 제갈가 꼬맹이가 왜 여기 있는지 부교주가 설명해야 하느니라. 저놈이 천살가를 배신한 기시혼을 구했다."

그 말에 모든 천살가의 몸에서 살기가 폭사되었다.

나지오는 한숨을 쉬곤 다시 태극지혈을 뽑아 그 살기를 잠재우는 검향을 뿌렸다.

그가 뭐라 설명하기 전에, 제갈극이 심드렁하게 말했다.

"제갈가는 어디에도 소속되지 않는다. 누구 아래에서 섬기지도 않는다. 제갈가가 원하면 그 일을 할 뿐이지."

"가문의 배신자와 협력한 제갈가의 인물을 믿으라는 말이
더냐?"

"노부가 기시혼을 구한 건, 그가 가진 능수지통의 실험 결
과 때문이다. 이 세상에서 그밖에 그것을 모르니, 그가 죽으
면 사라질 것이지. 기시혼을 위해서 한 것이 아니라, 엄연히
본 가를 위해서 한 행동이다."

"그럼 기시혼은 지금 어디 있느냐?"

"호구(湖口)에 모인 제삼군에 있다. 남궁세가에게는 천살
가와 천마신교에 관한 정보를 넘긴 좋은 정보 제공자이지만,
거기서도 환영받지는 못하고 있지. 배신자는 배신자일 뿐이
니."

"......"

"다른 의문이 있으면 더 물어보거라. 제갈가를 대표하는
노부가 친히 대답해 주마."

흠진이 코웃음 쳤다.

"흥. 대표? 종심 십일 세의 제갈극 어르신께서 제갈세가를
대표한단 말인가?"

"그렇다."

천살성들이 웃음을 흘리기 시작하자 나지오가 나긋하게
말했다.

"제갈가의 혈족은 그를 제외하고 모두 몰살당했다. 현 제갈세가의 혈족은 제갈극 한 명. 그러니 그가 제갈가를 대표하는 건 명백한 사실이다. 그가 속에 품고 있는 무현금이 그 증거이지. 그러니 너무 비웃진 마."

웃음이 서서히 사라졌다.

가족이 모두 죽고 홀로 살아남은 제갈극은 그 말을 들으면서도 한 점 마음의 변화가 없었다.

제갈극의 마음은 그것을 엿본 시록쇠가 노인이라 오해했을 정도로 평온하기 그지없었다.

본인의 말처럼 종심(從心)이란 말이 정확했다.

피월려가 말했다.

"가주께서도 수라가 되셨다가 막 인성을 되찾으셨소. 그리고 현 천살가는 어느 때보다 약하오. 천살가를 공격한다면 지금만큼 좋은 순간은 없겠지. 그럼에도 불구하고 아무런 공격이 없다는 건, 우리와 협력하는 나 선배와 제갈극에게 딴마음이 없다는 것이오. 그 정도는 다들 아시지 않소?"

악누가 말했다.

"화산파 입신의 고수와 제갈가의 기상천외한 꼬맹이니라. 단순히 마음을 엿보는 걸론 충분치 않지. 합리적인 의심이니, 저쪽에서도 성실히 대답해야 하느니라."

"……."

피월려가 말을 하지 않자, 악누가 말을 이었다.

"그럼 부교주. 부교주가 무림맹에서 이끌고 있는 세력은 어떻게 돼? 제이군이라 얼핏 들었던 것 같은데 좀 더 자세히 설명해 봐."

나지오가 대답했다.

"처음부터 설명하지. 무림맹엔 백도의 모든 힘이 집결해 있어. 하지만 그 출신 지역으로 총 세 부류로 나눌 수 있지. 중(中)이 제일군, 서(西)가 제이군, 동(東)이 제삼군. 제일군은 검선의 세력이라 해도 좋을 만큼 검선 중심으로 짜인 세력. 그를 동경하는 대부분의 백도인들이 너 나 할 것 없이 그곳에 속해 있지. 이번 본부를 공격했다가 몰살한 그 부류야."

"제삼군은 남궁세가를 필두로 하여 동쪽에서 남하하는 자들이고, 그럼 서쪽의 제이군을 부교주가 이끌고 있는 건가?"

"그렇지. 사천의 아미와 청성, 그리고 쇠락한 종남까지도 품고 있어. 나름 거대해."

"그럼 현천가와 대립하고 있겠군."

나지오는 손가락 하나를 올렸다.

"대립이 아니라 협력이야. 표면상으로는 휴전한 척하지만 실상은 서로 피해를 주지 않고 힘을 아끼고 있어."

악누와 흠진, 천살성들은 물론이고 피월려까지 그 말에 놀랐다.

무림맹의 세력과 천마오가의 현천가가 협력을 하다니?

사천에서 치열하게 싸우고 있을 줄 알았던 그 내막에 그런 일이 있을 줄은 그 누구도 예상하지 못할 것이다.

흠진이 먼저 물었다.

"무, 무슨 뜻이오? 어떻게 무림맹의 제이군과 현천가가 협력하고 있다는 것이오?"

나지오는 어깨를 들썩이더니 설명했다.

"우리 제이군은 검선이 싫었으니까. 그놈의 야망을 저지해야 했거든. 그리고 현천가는 현천가 나름대로 힘을 키워야 하는 이유가 있지. 내가 알기론 천 공자가 여색에 빠져서 진설린 교주 손에 놀아나게 됐다며?"

"……."

"진설린이 천마신교의 정통을 깡그리 무시하는 덕에 애초부터 사이가 안 좋았어. 박소을의 체면을 봐서 겨우 참고 있었는데, 진실을 알게 된 이상 그마저도 틀어진 것 같더라고. 일이 어떻게 돌아갈지는 천살가 가주가 직접 현천가 가주를 만나서 이야기해야 결론이 나겠지. 그 이상은 나도 몰라."

"부교주께서 그 화합을 이끌어내신 것이로군."

"그건 태수에게 물어봐."

나지오는 황만치를 가리켰다.

지금까지 숨을 죽이고 아무런 말도, 아무런 의견도 내세운 적이 없던 황만치는 순간적으로 그에게 쏟아지는 관심에 헛기침을 몇 번이나 했다.

그가 머릿속으로 생각을 정리하곤 느릿하게 말하기 시작했다.

"현천가와 청성파 쪽 둘 다 연이 있었소. 젊은 시절에 우연치 않게 만들어진 인연인데, 이리 귀히 쓰일 줄은 몰랐지. 본인이 주도해서 화합을 이끌었고, 이를 태룡마검께서 보증해 주셨소. 태룡마검의 보증이 실질적으로 화합을 가능케 했으니, 본관은 사실 한 것이 거의 없소."

겸손한 그의 어투에 그 자리에 있던 모든 무인들은 잠시 말이 없었다.

그나마 문인에 가깝다 할 수 있는 피월려조차도 그런 기적 같은 일을 어떻게 할 수 있을지 그 시작조차 생각하기 어려웠다.

가장 최고의 병법은 바로 무혈입성. 그것은 아무리 강한 무인이라 할지라도 도저히 할 수 없는 것이다.

새삼스레 문인의 힘을 느낀 천살성들은 침묵으로 존중을

표했다.

패천후가 황만치를 돌아보며 말했다.

"참나, 나도 좀 도왔소. 섭섭하게 내 언급은 왜 안 하십니까, 대인?"

"물론 단주도 역할이 있었지. 단주가 돕지 않았다면, 역시 불가능했을 일이오."

패천후는 이제야 만족하는 미소를 얼굴에 띠었다. 그는 중인들을 바라보며 말했다.

"그럼 천살가의 의심은 모두 풀린 것입니까?"

악누는 흠진을 보았고, 흠진은 천살성들을 보았다. 곧 악누가 대표로 말했다.

"됐다. 나머지는 가주께 직접 물어보마."

"좋습니다. 그럼 앞으로의 계획에 대해서 말씀드리겠습니다. 제가 해도 되겠습니까, 대협?"

남쪽에선 참으로 듣기 힘든 그 단어를 패천후는 아주 자연스럽게 사용했다.

나지오는 고개를 끄덕였고, 패천후가 신난 듯 자리에서 벌떡 일어났다.

그러곤 박수를 두어 번 치자 한쪽에서 세 명의 미녀가 나타났다.

그녀들은 각각 길이가 오 척(尺)이 넘어가는 두루마리를 가져오더니 한쪽에 나란히 섰다.

패천후가 품속에서 막대기 하나를 꺼냈다.

그 미녀들은 하늘 높게 양손을 뻗고 두루마리를 펼쳤다.

그러자 세 두루마리는 하나처럼 이어지면서 강서성 남창(南昌)에서부터 사천성 성도(成都)까지의 물길을 한눈에 보여주었다.

색으로 지형의 높이까지 표현한, 정밀하기 짝이 없는 지도였다.

패천후는 중간 지도 맨 위에 써 있는 네 글자를 막대기로 가리키며 말했다.

"자! 그럼 이번 원정의 이름은 사천원정(四川遠征)이라 하겠습니다. 사천원정은 현재 위치인 남창에서 시작하여 포양호을 빠져나와 장강을 역으로 타고 서쪽으로 움직입니다. 남창(南昌), 황석(黃石)을 통과하여 무한(武漢)에 당도합니다. 그리고 동호(東湖)에 일차적으로 정박하여 상황을 판단 및 점검합니다. 이것이 일 차 원정입니다."

패천후가 헛기침을 몇 번 하자 가장 왼쪽에 있던 미녀가 지도를 내려놓고 얼른 밖으로 나갔다가 물잔 하나를 들고 왔다.

그리고 다시 원래 자리로 돌아가 지도를 펼쳤다.

패천후는 물을 벌컥벌컥 마시고는 다시 말을 하기 시작

했다.

"이후 이 차 원정은 다시 장강을 역으로 타고 서쪽으로 갑니다. 그 뒤 악양(岳陽)까지 가서 동정호(洞庭湖)에 들어서지 않고 북으로 물길을 틀어 형주(荊州)에 도착. 여기선 조금 위험할 수 있어 정박하지 않고 그대로 물길을 타고 올라갑니다. 아름다운 형주를 관람하실 수 없게 되어 송구스럽게 생각합니다만, 이번 원정은 여러분들의 안전을 최우선으로 하기에 이 점 양해 부탁드리겠습니다."

"……"

"자, 형주를 지나서 물길을 계속 가다 보면, 이곳 의창(宜昌)에 도착합니다. 여기서부터 장강의 물길이 좁아지기 때문에 배를 바꿉니다. 여기까지가 이 차 원정입니다. 질문 있으신 분?"

"……"

"없으시면 넘어가겠습니다. 자, 장강의 이렇고 저렇고 꼬불꼬불한 물길을 계속 따라 올라가다 보면, 이곳 중경(重慶)에 이릅니다. 여기서 배를 버리고 육로를 따라 사천성으로 입성하면, 딱 대원정의 막이 내리게 됩니다. 감사합니다."

패천후가 허리를 숙이자 세 미녀들도 덩달아서 인사했다.

패천후는 피월려에게 눈짓했고, 피월려는 박수를 몇 번 치며 말했다.

"입담이 많이 좋아지셨소."

패천후는 허리를 휙 하고 뒤쪽으로 젖히며 큰 웃음소리를 내었다.

"크하하! 내 피 형의 충고를 잊지 않고 매일 정진했소. 이제 내 아버지의 재능을 못 살린다곤 말 못 할 것이오."

"나뿐만이 아니라 누구도 그리 말하지 못할 것이오."

"크하하!"

피월려는 적당한 때에 박수를 멈췄고, 패천후는 세상을 다 가진 것 같은 만족한 웃음을 얼굴 전체에 띠우고는 자리에 앉았다.

그것을 지켜보던 나지오가 말했다.

"자, 대강 이래. 물길을 가는 도중 만날 세력들과 그 세력들과의 관계는 복잡하기 이를 때 없으니 자세한 건 우선 출항을 한 뒤에 따로따로 설명하지. 그럼 더 질문 없으면 이만 파할까?"

이후 몇 번의 질문이 오갔으나 크게 중요한 건 없었다.

왜 떠나야 하는지, 그리고 행선지를 사천으로 정했는지 등등 당연한 의문들에 대해 악누는 침묵했기 때문이다.

그는 그가 말한 대로 돈사하에게 직접 묻기로 마음을 정했고 다른 천살성들은 그저 따르기로 마음을 정했다.

패천후가 다시 박수를 치자 여러 시녀들이 나와 중인들을 하나둘씩 모셨고, 결국 그 자리에 끝까지 남은 건 나지오와 피월려, 그리고 패천후였다.

나지오와 피월려는 끝까지 일어나지 않는 패천후를 지그시 바라보았고, 패천후는 그 압박 어린 시선을 받으면서도 웃음을 잃지 않았다.

"아아아. 피 형께선 나를 신경 쓰지 마시오. 대협께서 날 신경 쓰지 마시고 이야기를 나누십시오. 어서어서."

양팔을 휘적거리며 말하는 패천후를 보며 나지오가 한숨을 내쉬더니 자리에서 일어났다.

"내 방까진 오지 않겠지. 피월려, 내 방으로 가자."

피월려는 패천후에게 물었다.

"정녕 나 선배를 일어나게 하실 생각이시오?"

패천후는 얼굴을 일그러뜨리더니 쿵 하고 탁자를 치며 일어났다.

"아, 알았소. 가면 될 것 아니오. 홍. 대협께서도 쉬십시오."

그는 거친 발걸음으로 나가 버렸다.

나지오는 관자놀이를 집으며 자리에 다시 앉았다.

"정말이지 하나같이 이상한 놈투성이야."

"나 선배도 못지않소."

나지오는 눈을 동그랗게 뜨곤 말했다.

"내가? 내가 뭘?"

"……."

"나처럼 정상적인 사람이 어디 있다고……."

"……."

"뭐, 하여간 중요한 건 그게 아니지. 지난날의 회포나 풀어 보자고. 어이! 천포상단주!"

나지오가 큰 목소리로 부르자 멀어지던 발걸음이 금세 가까워지더니 패천후가 방문을 열고 밝은 얼굴로 물었다.

"역시, 그렇게 말하실 줄……."

"아, 그게 아니라. 술 좀 가져다줘. 안주도 조금 해서."

"……."

"부탁해."

패천후는 얼굴을 더욱 일그러뜨리더니 곧 휙 하고 나가 버렸다.

하지만 나지오의 말을 잊진 않았는지 곧 몇몇 미녀들이 술상을 봐 왔다.

나지오는 피월려의 바로 옆자리로 와서 술잔에 술을 따르며 말했다.

"어떻게 지냈냐?"

피월려는 웃으며 말했다.

"나에 관한 건 다 알지 않소?"

"알기야 알지. 하지만 정보로 아는 것하고, 네 말을 직접 듣는 거하고는 조금 다르니까."

"……"

피월려가 말을 하지 않자 나지오가 술잔을 기울이며 말했다.

"네 사정을 말하기가 무엇하면, 무학에 대해서나 대화할까?"

"난 나 선배의 사정을 듣고 싶소."

"……"

"말해줄 수 있겠소?"

"뭐 간단히는 말했잖아."

"간단히 아는 것과 나 선배의 말을 제대로 듣는 것하고는 차이가 조금 다르니 말이오."

"킬킬킬. 건배나 하자."

나지오와 피월려는 술을 기울였다.

나지오는 젓가락을 친히 피월려의 손에 쥐여주고는 맛 좋은 음식들을 입에 넣으며 머리 뒤로 팔짱을 꼈다.

"글쎄, 어디서부터 말해야 하나? 원설에게 공중부양하던 널 맡기고 떠난 직후부터 말하면 될까?"

"그렇소."

나지오는 턱에 손을 가져가 쓸면서 지난날을 회상했다.

"네가 성사시켜 준 비무 말이야, 진짜 사람들이 너무 많이 왔어. 화산파의 장문인과 화산파를 배신하고 마교에 들어가 부교주가 된 나. 이 둘의 대결인 만큼, 인산인해였지. 게다가 종남파에서 온갖 세속의 연을 동원해서 판을 키워놨어. 정충과 내가 특수한 관계란 걸 알고 비무가 흐지부지하게 끝나지 않게 하기 위함이었겠지. 비무장으로 들어서는 그 인파와 환호성은 진짜… 둘 중 한 명이 죽지 않으면 끝나지 않겠다 싶더라고."

"내가 기억하기론, 종남파에선 나 선배가 입신의 고수란 걸 알고 향검을 죽일 것이라 생각하여 일을 진행한 것이었소."

"하지만 향검의 손에 내가 죽었지."

"정 때문에 일부러 져준 것이오?"

나지오는 잠시 말이 없었다. 그는 술잔에 술을 따르고 다시 비울 때까지 말을 하지 않았다.

"나도 무인이야. 진심으로 임했어."

"……."

"아니, 정확하게 말하면 진심으로 임해도 내가 질 거란 걸 알았기 때문에 처음부터 진심으로 임했다고 해야 하나? 아, 모르겠다. 그냥 향검을 보자마자 그런 기분이 들었어. 진심으로 해도 되겠다고."

"무슨 뜻이오, 그게?"

나지오는 허무한 미소를 짓더니 말했다.

"전에 네가 내게 말한 것이 있지. 글자 그대로는 생각이 안 나는데, 어쨌든 요지는 이랬어. 사람의 본실력과 대외적으로 알려져 있는 실력은 다르다고. 그리고 아무도 진실을 모르기에, 대외적으로 알려진 실력의 차이는 의미가 크게 없다고."

피월려도 술잔을 한 번에 털어 넣었다.

"최근에 두 가지가 더 추가되었소."

"뭐?"

"자기가 생각하는 실력과 적이 생각하는 실력."

"흠."

"나의 본실력. 내가 생각하는 나의 실력. 적이 생각하는 나의 실력. 그리고 사람들이 생각하는 나의 실력. 이 모든 것은 전부 다르고, 그 차이를 완전히 확신할 수 있는 방법은 존재하지 않소. 따라서 간격은 무의미하고 그것이 의미가 있다 해도 그 누구도 확실히 알 수 없으니, 역시 무의미하게 되오."

"영(零). 일(一). 이(二). 삼(三). 인칭(人稱)의 차이구나."

나지오의 혼잣말에 피월려는 고개를 돌렸다.

나지오는 묘하게 엇나간 시점으로 앞을 보며 더 말하지 않았다.

그의 침묵에 피월려가 말했다.

"향검이 나 선배보다 강했던 것이오?"

나지오는 고개를 양옆으로 흔들었다.

"전혀. 모든 면에서 내가 앞섰지. 단순 체력부터 시작해서, 내력, 그리고 심력까지. 내 나이가 더 젊었고, 환골탈태를 해서 내력이 마르지 않았고, 실전 경험도 내가 더 많았으니까. 산 위에서 수련만 쌓던 양반이라 그런지 생각보다 진짜 너무 못 싸우더라고. 허점이 얼마나 많이 보이던지……."

"그런데?"

"순수함의 차이였어."

의외의 단어.

피월려는 의아함을 느껴 되물었다.

"순수함?"

나지오의 눈빛은 이제 무언가를 확실히 바라보고 있는 듯했다.

"검에 담긴 순수함 혹은 정순함. 달리 뭐라 표현해야 할지 모르겠어."

"……."

"내가 말했나? 화산파의 무공에 대해서?"

"직접적인 언급은 한 적 없었소."

"화산파는 궁극적으로 미(美)를 추구해. 모든 무공이 춤으로부터 시작했지. 아름다움을 극한으로 갈고닦아 그것으로 입신에 이르는 것이 바로 화산파의 철학이야. 물론 여기서 말하는 아름다움은 세속에서 흔히 이야기하는 여인의 아름다움과는 다르지. 그보다는 훨씬 더 근본적인 의미에서 아름다움이야. 바라보는 것만으로 사람의 정신을 감화시키고, 성장시키고 또 감동시키는 그런 거."

"무슨 뜻인지 알겠소."

"거기서 졌지. 내가 화산의 무공을 기반으로 한 마공만 아니었다면, 분명 이겼을 거야. 하지만 똑같은 뿌리를 가진 화산파 고수에겐 안 되겠더라."

피월려는 가도무의 말을 떠올렸다.

"더 빠르고, 더 세고, 더 정확해도, 그것이 더 강하지 않을 수 있단 말이오?"

피월려의 말은 흑도의 그것이며 마인의 그것이었다. 새삼스레 그 차이를 느낀 나지오는 씩 웃었다.

"검술의 순수함이니, 내공의 정순함이니, 심법의 순결함이니 하는 게 솔직히 뭔 말이지 모르겠지?"

"……"

"정공을 새로 가르칠 생각은 없으니 나도 따로 설명하진 않을게. 하지만 말이야, 심기체의 완성으로 입신에 들어선 내가 장담하는데, 그 외에 무언가가 더 있어. 나는 그것으로 향검에게 졌지. 나는 그걸 순수함이라고 표현하지만, 각자 느끼는 게 다르니까 꼭 순수함이라 말하긴 어렵겠다. 네가 직접 입신에 오르고 느껴봐."

"반선지경이라 칭하기로 하지 않았소?"

"킥킥킥. 맞다, 맞아. 반선지경."

피월려의 농이 재밌는지 나지오는 한참을 웃었다.

그들은 다시 술잔을 나누었고, 나지오가 다시 말했다.

"하여간 그래서 향검에게 지고 나서 죽었지."

"그 죽었다는 의미도 좀 다르지 않소?"

"물론 너도 예상했겠지만 화산의 검에는 살기가 없어. 무당파와 소림파에 비견될 정도로 정순한 화산파의 내공은 화산의 정기를 내력으로 사용하는 선공(仙功). 그런 내공을 익힌 채 대놓고 살인을 하면 바로 주화입마지."

피월려는 그가 아는 걸 정리해 말했다.

"소림파는 무기의 날카로움을 제하여 살(殺)이 아닌 파(破)로 인식함으로 죄책감에서 벗어나오. 무당파는 물리적으로 먼 거리에서 유풍살을 씀으로써 죄책감에서 벗어나고. 화산파는 어떻게 살생의 업보를 비껴가는 것이오?"

나지오는 별거 아니라는 듯 나지막하게 대답했다.

"화산파는 적을 자연사(自然死)시켜."

"자연사?"

"아름다움으로 그 마음과 정신을 옥죄기 시작하면 적은 최면에 빠지기 시작하지. 그 첫 시작이 바로 매화향. 이윽고 그 아름다움에 매료된 마음과 정신은 살기도 잃어버리고, 투지도 잃어버리고, 점차 의지를 잃어버리다가 이내 심장을 뛰어야 할 이유조차도 얻지 못하지. 그렇게 그냥 죽어버리는 거야."

"……."

"물론 최면이라는 해석은 엄연히 자하마공과 매화마검무의 해석이야. 네가 알아듣기 쉽게 흑도식으로 말해준 거지, 본래 해석은 온갖 도교와 불교의 해학을 가져다가 설명해야 하니까."

"무슨 말인지 알겠소."

"화산파 모든 내공의 기본이 되는 자하신공. 화산파 모든 외공의 기본이 되는 매화검무. 이 둘의 철학이 실존하는 검강은… 아니, 검리라고 하지. 화산파의 검리는 마음을 베어버려. 육신은 그대로이지만, 그 의지를 벤다고 할까? 거기에 심장이 맞았어. 그랬더니 심장이 뛰기를 멈추더군. 그렇게 나는 자연사한 거야."

피월려는 향검와 정채린과 마주쳤던 그날을 떠올렸다.

"그러고 보니 향검은 계속해서 나 선배가 죽었다고만 했을 뿐, 자기가 죽였다는 말은 피했소."

"킥킥킥. 본파 정통이야. 지가 알아서 죽었거니, 이렇게 생각하고 말하지. 듣는 입장에선 열받을 일이지만."

"하하하."

두 술잔에 술이 한 번 더 채워졌고, 곧 비워졌다.

나지오가 말했다.

"종남파는 당황했지. 그 뒤, 화산파의 위세만 강해졌으니까. 하지만 직접적인 충돌은 없었어. 화산파에서 제자를 뽑을 때 너무나 깐깐한 기준을 가지고 있어서, 이후 사람들이 화산파에 입문하려 해도 대부분 탈락해 버리니까. 그리고 향검은 세력 확장에도 전혀 관심이 없었으니, 화산파의 인기가 하늘을 치솟아도 크게 달라지는 건 없는 거야. 하지만 한 명은 엄청나게 달라졌지."

피월려는 그가 누군지 알 것 같았다.

"종남신검 태을노군."

"비무를 보고 자극을 받은 것이 분명해. 그때도 호승심은 강했지만 자기보단 사문을 먼저 생각하던 자였어. 그런데 그가 갑자기 사문이고 뭐고 다 박차고 나가서 너와 일대일 대결을 하겠다고 성을 넘나들었으니 뭐… 그건 좀 미안하게 생각해. 나 때문인 것도 있으니까."

"……."

"결국 검선도 죽고, 종남신검도 죽으니 종남파 꼴이 말이 아니었어. 원래 세속적인 곳이라 그런지 구심점을 잃자마자 여러 갈래로 쪼개지더군. 그중엔 계속 제일군에 남은 세력이 있고, 우리 쪽으로 붙은 세력도 있었지. 현재 전자는 몰살됐고 후자는 화산파와 함께하고 있어."

"적이라고 할 수 있는 그들을 품은 나 선배의 마음이 참으로 크오."

"마도천하(魔道天下)가 코앞인데 사사로운 감정에 얽매일 순 없잖아? 현 천마신교는 중원 전체와 싸워도 이길 만큼 강해. 안에서부터 붕괴시키지 않으면 무너뜨리는 게 불가능할 정도지. 그 역할을 맡기고자 마목을 뽑는 거야. 알지?"

"……."

"하여간, 그렇게 죽고 나서 화산파에 안치되었어. 하지만 웃긴 것이 화산파의 정기가 가득한 곳이라 그 정기를 이용해서 정충이 내 역혈지체를 철소한 거야. 뿐만 아니라 격체전공까지 해가면서 다시금 환골탈태를 이루게 해주었지. 그에겐 평생 갚아도 못 다할 빚이 있어."

"그것이 나 선배의 협이오?"

"응. 정충의 의지를 잇는 게, 내겐 협이야. 혈기 왕성하고 유치한 내 머릿속에서 나온 게 아니라, 오랜 세월 산속에서 선공을 수련하며 신선과도 같은 자태를 뽐내던 그의 머릿속에서 나온 것이지. 그만큼 제대로 된 녀석이야. 검선의 그것과는 비교도 할 수 없을 만큼 순수해."

"순수하다……."

피월려는 이젠 그 순수하다는 단어의 의미가 무엇인지 혼란이 왔다.

딱 하고 정의를 내리라면 내릴 수 있겠지만, 그러는 순간 그 정의의 '순수함'을 잃어버릴 것만 같은 생각이 들었다.

혹은 그것이 순수함의 정의일지 모른다.

정의를 내리는 것이 곧 그 의미를 반하게 되는 무언가.

그것이 순수함인가?

그렇기에 순수함을 표방하는 정공의 무학은 그토록 정의 내리기를 꺼려 하고 추상적인 비유로 대체하는가?

피월려의 사색에 나지오가 그의 어깨를 툭 쳤다.

"뭘 그리 골똘히 생각하고 있어, 또?"

"아무것도 아니오."

"싱겁기는."

나지오는 접시 하나를 통째로 들곤 입속에 그 음식을 털어 넣었다.

그러곤 가득 채운 술잔을 한 번에 들이켜더니 가슴을 쓸어내렸다.

"크으. 역시 화식(火食)과 술은 좋아. 애써 뚫은 임맥과 독맥이 막혀도 이건 포기 못 하겠어."

"아, 다시 막힐 수 있소?"

"물론이지. 애초에 화식과 탁한 공기 때문에 막히는 거니까. 이렇게 세속에 나와서 숨만 쉬고 있어도 서서히 막혀 들어간다고. 화산파의 정기가 없는 시간 동안은 점차 성취가 줄어들어."

"……"

"순수한 정공이란 놈이 원래 그래. 진짜 이것저것 많이 까다롭지. 그래도 소림 애들에 비하면 괜찮은 수준이야. 그놈들은 색욕을 멀리하기 위해서 평생 고자처럼 살아야 하니. 화산파는 그래도 성교합엔 꽤 자유롭거든. 아름다움을 추구한다는 목적이라든지, 음과 양의 조화를 깨닫기 위한 목적이라든지 해서 권장하는 장로도 있으니까, 뭐."

"……"

"왜?"

"아니오. 그래도 나 선배가 도사이긴 한가 보다 해서 말이오."

"뭐야? 너 지금 나 깐 거지? 응? 내가 그리 도사처럼 안 보여?"

"절대 그런 거 아니오. 다만 식욕조차 참지 못하는 사람이 어떻게 반선지경에 이르렀는지 궁금할 따름이오."

나지오가 버럭 화를 내었다.

"네놈도 반선지경에 올라서 봐. 무슨 칼날 위에 서 있는 기분이라니까? 이래도 퇴보. 저래도 퇴보. 온 힘을 다해서 한발 앞으로 나갔다가 잠깐 쉬면 다시 제자리… 누가 입신이 무학의 끝이라고 했는지, 원… 괜히 검선처럼 미치는 게 아니라니까?"

"전에도 말했지만, 그때는 내가 처리해 주겠소. 걱정하지 마시오."

"이 자식이!"

나지오는 팔로 피월려의 목을 감싸고 조였다.

피월려는 나지오의 팔을 툭툭 건들리며 괴롭다는 표정을 지었지만, 나지오는 그를 놔주지 않았다.

드득.

그때 문이 열리고 돈사하가 나타났다.

돈사하는 나지오와 피월려를 묘한 눈길로 보다가 물었다.

"내가 눈치 없이 좋지 않은 시간에 나타난 것 같네. 다음에 올게."

나지오는 얼른 피월려를 놔주며 말했다.

"아, 아니야. 이상한 오해 말고, 어서 들어와."

돈사하는 작은 미소를 얼굴에 띠우곤 그들의 반대편에 앉았다.

"아이들에게 이야기 들었어. 다들 의문도 많고 해서 대표로 물으러 왔지. 편한 술자리를 방해한 것 같아, 미안해."

나지오와 돈사하 간에 흐르는 묘한 기류는 피부로 느껴질 정도였다.

독특한 말투로 인해서 겉으로는 나이가 따로 없는 죽마고우 같았지만, 실상은 서로의 목적을 위해서 서로를 이용하고 있는 아주 얕은 협력 관계다.

나지오가 피월려를 엄지로 가리키며 돈사하에게 말했다.

"일단 이놈이 있어서 하는 이야긴데, 무학에 관한 이야기로 빠지지 말자고. 이상하게 이놈이랑 있으면 무슨 이야기를 해도 자꾸 그쪽으로 빠져."

돈사하는 피월려를 흘겨보며 웃었다.

"잘 알지."

나지오는 질렸다는 듯 몸서리 쳤다.

"가주가 오기 전에도 몇 번이나 그쪽으로 빠졌는지, 이야기가 도통 진행되지가 않아. 술?"

돈사하는 고개를 저었다.

"살수 때 오랜 버릇이 남아 있어서 말이지, 술은 가까이 안 해."

"도사보다 더하군."

"위로 갈수록 겉으로는 누리는 게 많아지는 것처럼 보이지만, 사실 포기하는 게 많아지지. 흑도나 백도나 그건 다를 게 없어."

"……."

"살수의 무공으로 입신에 이르는 게 얼마나 힘든 줄 알아? 지금 상태에선 술 한 잔 마셔도 퇴보야. 잘 알 텐데?"

"잘 알지."

아무리 나지오가 환골탈태를 이룬 반선지경의 고수라고 하나, 돈사하에게 연륜에서 뒤처지는 건 어쩔 수 없다.

나지오는 새삼스레 그의 앞에 앉아 있는 인물이 환갑을 훌쩍 넘은 노인이라는 것을 느꼈다.

나지오는 순간 상념에 빠졌다.

입신에 오르고 나서 그런 것을 느끼는 감각들이 희미해졌다.

상대방의 외모나 나이 등을 무시하고 본질을 꿰뚫어 보니, 무의미하다 여겨지는 것들이 정말로 무의미해져 버린다.

하지만 세상에 정말로 무의미한 것이 있나? 실존하면서 영향이 없는 것이 있나?

그것은 신선의 관점에서 바라보았기 때문이지, 현실을 직시할 때도 과연 그러한가?

"반선(半仙)이라… 그것만큼 어울리는 말이 없어."

나지오의 독백에 피월려가 작은 미소를 지었다.

"무학에 관해서는 논하지 않기로 하지 않았소?"

나지오는 웃으며 술을 입에 털어 넣었다.

"그랬지. 자, 돈 가주. 천살가의 입장을 대변하러 온 거지? 나는 무림맹에서 제이군을 대변할게. 서로의 책임을 걸고 이야기해 보자고. 어떤 시시비비를 가리고자 온 거야?"

돈사하가 말했다.

"시시비비까진 아니고, 그저 논할 것이 있는 것뿐이야."

"편히 말해봐."

돈사하가 말을 하려는데, 피월려가 먼저 물었다.

"그 전에, 가주님 몸은 어떠신지요?"

돈사하는 살짝 피월려를 흘겨보곤 말했다.

"괜찮아. 기억도 다 돌아왔고, 몸도 거의 회복했어. 의안(義眼)만 물속에 좀 오래 있어서 부풀었는지 약간 거북한 느낌이 있지. 걱정하지 마."

"다행입니다."

돈사하가 나지오에게 시선을 돌렸다.

"우선 행선지를 서쪽으로 정한 이유를 알고 싶어. 백호의 기운이 살아나면 어떻게 될지 아무도 장담 못 해."

사천인 것에 불만이 있는 것이 아니라 서쪽이라는 것에 불만이 있다.

다시 말하면, '사천'이란 지역은 상관이 없이 백호의 방위인 서쪽으로 가면 백호가 피월려의 심장에서 부활할 것이 염려스러운 것이다.

나지오가 말했다.

"무림맹의 제삼군과 천마신교 본부. 양쪽의 추격에서 벗어나기 위해선 내 세력이 많은 서쪽으로 가지 않으면 안 돼. 특히 제삼군은 우리가 서쪽으로 이동하면 더 상관하지 않을 테니, 천마신교 본부만 상대하면 되지. 그것만으로도 벅찰 거야."

"하지만 백호가 살아나 저 심장에서 탈출하기라도 하면, 이 원정은 아무런 의미가 없어."

"천살가가 몰살당해도 의미가 없지. 애초에 가주가 천살가가 반타작이 나는 한이 있더라고 우리와 협력한 이유는 바로 양쪽의 공격에서 살아남을 턱이 없기 때문 아닌가?"

자극하는 말이지만 돈사하는 순수하게 인정했다.

"그렇지. 교주나 박소을이 직접 오기라도 하면 끝이니까."

"가주가 내 제안을 받고 혈교를 새로 세우겠다고 결심한 날부터 정해진 수순이야. 백도 최고의 술법사가 이 배에 타고 있지. 제갈극은 수라가 된 가주를 되돌릴 수 있을 정도로 뛰어난 술법을 보유했어. 만에 하나 백호의 부활을 늦추는 것도 가능하지."

돈사하는 지그시 나지오를 보다가 말했다.

"그래도 갑작스럽게 사천으로 행선지를 정한 건, 뭔가 꿍꿍이가 느껴지는데?"

"무슨 꿍꿍이?"

"글쎄? 그걸 알고 싶어서 온 거야."

"있지도 않은 꿍꿍이를 무슨 수로 말해?"

"……."

나지오가 입신의 고수가 아니고, 피월려가 금강부동심법을 익히지 않았다면, 돈사하는 이미 그들의 마음을 꿰뚫어 다른 이유가 있었음을 짐작할 수 있었을 것이다.

하지만 그들의 마음은 돈사하의 날카로운 감각을 벗어날 정도로 잠잠했다.

말이 없는 돈사하를 대신해서 피월려가 말했다.

"전 도리어 가주께 묻고 싶습니다. 시록쇠 형주님은 어떻게 되는 겁니까?"

"록쇠는 날 따르기로 했어."

"형주님께서 생각하는 혈교주란 천마신교 역사상 처음으로 천마신교 교주가 되는 천살성을 뜻합니다. 가주님께서 말하는 혈교주란 마단과 비슷한 혈단을 만들어 인위적으로 백호의 신체를 생성할 수 있는 자를 뜻합니다. 이렇게 완전히 다른데, 혹 록쇠 형주님의 믿음을 바꾸신 겁니까?"

"믿음을 바꿀 순 없지."

"그럼 천살가에서 교주를 배출할 것이라 약속하셨습니까?"

"응."

"그건 어떻게 가능합니까? 이미 본부와는 척을 졌습니다."

"본 교는 강자지존이야. 신물주를 찾아내어 신물을 우리 쪽에서 얻으면 모든 과거를 불문하고 당위성을 얻게 되지. 혈교를 세운 뒤, 그리할 거야."

"그게 가능합니까? 전 어렸을 때부터 백호를 심장에 품고 있습니다. 다시 말하면 백호의 신물주였습니다. 그리고 나중에 입교하여 천마신교의 신물까지 얻게 되었습니다. 그것은 현무의 신물. 따라서 전 최근까지 백호와 현무의 신물 모두 가지고 있었습니다."

"그래서?"

"그때 백호의 신물은 쥐 죽은 듯 잠잠했습니다. 진설린이 그것까진 앗아가지 못한 것을 보면 분명 미내로 어르신조차 눈치채지 못할 정도로 자고 있었던 것입니다. 두 개의 신물을 가지고 있을 경우 상생, 상성 관계에 의해서 분명……."

돈사하가 피월려의 말을 잘랐다.

"그건 월려가 주작의 기운을 타고난 마공, 극양혈마공을 익혔기 때문이야. 그 때문에 우연치 않게 화극금이 되어 백호의 영향이 거의 사라지다시피 한 것이지. 실제로 지금은 극양혈마공의 양기가 없으니, 백호의 심장이 그 영향력을 행사하고 있잖아? 따라서 천마신교의 신물로 인한 영향이 아니라 극양혈마공으로 인한 영향이라 할 수 있지. 그건 두 개의 신물을 가질 경우 하나가 기능을 하지 못한다는 이유가 될 수 없어."

"……."

"그리고 그렇다 하더라고 상관없어. 천마신교의 교주가 될 혈교주. 그리고 천살가의 번식을 담당할 혈교주. 이 둘을 굳이 한 사람이 할 필요 없어. 내 염원과 록쇠의 염원을 이룬 두 혈교주를 따로 만들면 그만이야."

나지오는 가만히 그 말을 듣다가 돈사하에게 말했다.

"그래서 그 둘이 누군데?"

"그것까지 태룡마검이 알 건 없지."

나지오는 씽긋 웃었다.

"이봐, 음양살마. 음양현마(陰陽賢魔) 사녹이 만든 혈단을 제조하는 방법. 그건 나만 알고 있어. 내가 그걸 알려주지 않으면, 백호의 신물이니 혈교주니 아무짝에도 쓸모없잖아."

돈사하가 그답지 않은 차가운 어투로 말했다.

"스승님께서 내게 그걸 가르치지 않았다고 확신해?"

나지오도 지지 않고 대답했다.

"본 교에서 사녹에게 음양폭마검공을 배울 때 느꼈지. 사녹에겐 제자란 개념이 없어. 그저 자기가 만든 마공을 익히고 실험해 줄 실험체가 필요한 것이지. 때문에 그는 자기의 절학과 연구결과를 한 사람에게 다 물려주지 않아. 장담하는데, 사녹은 가주에게 혈단의 제조법을 가르쳐 주지 않았어. 내 말이 틀려?"

"……."

"내가 혈단을 제조하는 방법을 알려주는 대가로 나에게 협력하기로 했지, 가주. 그걸 잊지 마."

돈사하가 피월려를 손바닥으로 가리키며 말했다.

"증거를 보여, 알고 있다는. 혈단을 만들어서 제공해. 그 제조법을 모르는 한 천살가는 협력할 테니 상관없잖아?"

말없이 입을 벌린 나지오는 몸을 뒤로 기대며 팔짱을 꼈다.

"이걸 말하려고 온 거군."

돈사하가 차분히 말했다.

"이미 한배에 탔지. 우린 뒤가 없어. 천살가의 명운이 달려있지. 이젠 확실한 증거가 필요해."

"아니면?"

"내가 장담하는데 세 명의 수라까진 막지 못할 거야, 태룡마검."

나지오의 눈 끝이 살짝 떨렸다.

천살가는 돈사하의 말대로 어차피 벼랑 끝에 서 있다.

돈사하, 악누, 그리고 시록쇠.

이들이 모두 마성에 젖어 수라가 된다면 백이면 백, 배 안의 모든 인간이 죽는다.

피아를 구분하지 못하니 그들끼리 싸울 가능성도 있지만, 그건 엄연히 도박일 뿐이다.

피월려가 말했다.

"나 선배, 그렇게 하십시오. 이제 와서 분란이 일어나면 무슨 소용이오?"

나지오는 돈사하에게 시선을 고정한 채로 술병을 들고 전부 마셔 버렸다.

탁.

술병을 내려놓은 나지오가 말했다.

"좋아. 그리하지."

돈사하는 자리에서 일어나며 피월려에게 의미심장하게 말했다.

"월려는 우리 가족인가?"

"……."

"뭐, 언젠간 확실히 정해야 할 거야."

돈사하는 그렇게 밖으로 나갔다.

나지오는 다른 술병의 마개를 따며 말했다.

"네 심장 안에 백호가 봉인되어 있기 때문에 근 십 년간 천살성이 태어나지 않았지. 그걸 역으로 이용하기 위해서 아직까지 살려둔 것뿐. 백호의 심장을 가진 자로부터 혈단을 생성, 그것으로 천살지체와 비스무리한 새로운 지체를 인위적으로 생성할 수 있다는 것. 이것이 불가능하다는 판단이 서면 널 가차 없이 죽일 거다. 그래야 천살성이 더 생겨나고 천살가의 명맥을 유지할 수 있으니."

"……."

"행여나 저쪽을 가족이라 생각하지 마라."

피월려는 대답을 질문으로 회피했다.

"혈단은 무슨 말이오?"

나지오는 피월려와 그의 술잔에 술을 따르며 설명했다.

"내가 전에 내 이야기했잖아. 음양현마 사녹에게 혈단을 지급받아서 단기적인 역혈지체를 이루었다고."

"솔직히 그때 이야기가 지루해서 크게 집중해서 듣지 않았었소."

"뭐야?"

버럭 소리치는 나지오를 돌아보며 피월려가 웃었다.

"하하. 그래도 대강은 알고 있으니 너무 마음 상해하지 마시오, 나 선배."

"이 자식이 아주 날 가지고 노네?"

"하하하."

나지오와 피월려는 건배했다.

나지오가 말했다.

"그 혈단은 사실 역혈지체의 피를 뽑아서 일시적으로 역혈지체를 이루게 만들어주는 거야. 천살지체랑은 상관없지."

"그럼, 설마?"

"응. 사기 쳤어."

"……."

"걱정 마. 방음막은 아까 전부터 치고 있었으니까."

"그럼 이젠 어떻게 하오?"

나지오는 대수롭지 않다는 듯 어깨를 들썩였다.

"너 잘하는 거 있잖아. 심계."

"……."

"그 좋은 머리로 나 좀 도와줘. 극이랑 같이 머리를 맞대면 뭐라도 나오지 않을까?"

나지오의 무책임한 말에 피월려의 표정은 황당함으로 물들기 시작했다.

*　　　　　*　　　　　*

이후, 그간 있었던 일과 계획들을 나지오에게 들은 피월려
는 정해진 자기 방으로 들어갔다.

그러곤 한가운데 가부좌를 틀고 생각에 잠겼다.

보선 안에 있는 세력은 크게 세 부류.

나지오와 황만치, 그리고 제갈극.

돈사하를 필두로 한 천살가.

그리고 양쪽과 이해관계가 얽혀 있는 패천후와 피월려.

제갈극은 어느 쪽인지 확실하지 않다.

이들의 협력 관계는 각각의 목적을 이루기 위함이다.

나지오와 황만치의 목적은 중원의 협을 이루는 것.

그것을 위해서 천마신교를 분열시켜야 하며, 지금 천살가
가 탈교하다시피 한 현 상황 자체에서 이미 목적을 이뤘다고
해도 과언이 아니다.

다만 그보다 더욱 확실히 마목을 천마신교 내부에 침투시
켜 이후로도 지속적으로 분열을 조장하려 한다.

돈사하와 천살가의 목적은 혈교주 탄생과 천살가의 독
립.

그것을 위해서 진설린 및 박소을과 반목하고, 천살가를 새롭게 선별하여 탈교하다시피 했다.

일차적으로는 백호의 심장을 가진 백호의 신물주에게서 혈단을 추출하여 새로운 천살지체의 번식에 성공하는 것. 그것을 통해 천살가의 가솔 수를 늘려 하나의 형세를 갖추고 혈교를 세우는 것. 그리고 그런 완벽한 독립 이후엔 천마신교의 신물주를 찾아내어 천마신교 위에 군림하는 것이다.

패천후의 목적은 아직까진 오리무중.

나지오와도, 돈사하와도, 그리고 황만치와도 어떤 거래를 했을 것이다.

보선을 주고 원정 계획을 세웠으며 양측의 협약에 있어 필요한 실질적인 물건을 대고 있다.

장사치인 만큼 균형을 맞추며 이익을 챙기다가, 한쪽이 과하게 유리해지면 그쪽으로 붙어서 또 이익을 챙길 것이다.

그리고 나의 목적.

내 목적은 무엇인가?

내 목적은 언제나 같았다.

생존. 그리고 또 생존.

지금 이 순간에도 생존할 뿐이다.

그를 위한 반로환동이고 그를 위한 입신이다.

아직 협을 생각할 여유는 없다.

그렇다면 그다음 서로가 서로에게 쥐고 있는 패는 무엇인가.

나지오와 황만치.

첫 번째는 나지오 본인의 무력. 그가 이 보선에 있는 것만으로 적은 그를 상대해야 하고, 때문에 웬만한 적은 공격할 시도조차 못할 것이다.

또한 반대로 작용하여 보선 안의 사람들이 그를 배신하려는 생각도 억제한다.

두 번째는 혈단. 이는 거짓 패로, 적어도 돈사하는 그것이 있다고 믿으며 그가 믿는 한 그것은 실질적인 패다.

하지만 언제 들통 날지 모르고, 증거를 요구한 만큼 점차 목을 조여오는 것이 될 것이다.

세 번째는 혈교에 대한 평화 협약. 후일에 있을 것이지만, 천살가가 혈교를 세우는 과정 중에 백도무림에서 그들을 건들이지 말라는 법은 없다.

따라서 화평을 약조하는 것만으로도 꽤나 큰 패가 된다.

돈사하와 천살가.

첫 번째는 역시 무력. 돈사하가 말한 대로 천살가는 세 명의 천마급 고수를 보유하고 있으며, 모두 수라가 된다는 가정하에는 반선지경의 고수도 뼈를 추리지 못한다.

두 번째는 마교를 향한 적의. 나지오의 목적은 마교의 분열을 야기하는 것임으로 천살가에서 혈교를 세워 마교를 견제한다면 그만큼 더 좋은 것도 없다.

따라서 돈사하가 마교와 반목하겠다는 것만으로도 나지오에겐 크나큰 패로 작용한다.

세 번째는 마교에 대한 정보. 돈사하가 나지오에게 약조한 것으로, 천살가가 알고 있는 마교에 대한 모든 정보를 넘기기로 했다.

이는 후일 마교를 상대해야 하는 나지오에게 크나큰 자산이 아닐 수 없으며, 때문에 함부로 간과할 수 없는 것이다.

패천후.

첫 번째는 보선. 지금 움직이는 이 보선은 패천후의 사람들이 움직이는 것으로 그 항로까지도 패천후가 모조리 설계한 것이다.

따라서 이 보선 안의 그 누구도 그를 함부로 할 수 없다.

두 번째는 정보. 나지오도 돈사하도 보선 위에 있을 때는 개인적으로 정보를 받아보기 힘들다.

현실적으로 생각했을 때, 전 중원에서 일어나는 모든 일에 대한 정보 제공은 패천후를 통해서만 가능하다.

세 번째는 자금(資金). 이후 마교를 상대해야 하는 나지오도 돈사하도 돈이 필요하다.

무림맹이나 천살가를 떠나서 어떤 단체라도 자금 없이는 돌아가지 않는다.

한 세력이 중원 전체를 완전히 장악하는 것만큼 상계에 큰 타격이 없으니 패천후도 호의적으로 그들에게 자금을 대겠다고 했지만, 그가 원하면 얼마든지 취소할 수 있기에 이 또한 패가 된다.

그럼 나는 어떠한가?

첫 번째, 심계. 이 점은 양쪽도 명백히 인정하는 부분으로, 내가 가진 가장 강력한 패다.

두 번째, 백호. 백호의 심장을 가지고 있는 한, 천살가에서 나를 함부로 할 수 없다. 내가 죽어 백호의 봉인이 풀리면 다시 언제 또다시 혈교주를 탄생시킬 수 있는 기회가 찾아올지 미지수다.

그러면 옛날처럼 천마신교에 부속하고 기생하는 수밖에 없다.

세 번째, 마목. 나지오의 계획 아래에선 마목을 세워야 하는데, 현 상황의 천살가 그 누구도 그 역할을 감당하기 힘들다.

그나마 가능성이 있는 건, 나. 진설린은 내가 살아 있다는 말을 듣고 추살령이 아닌 소환령을 내렸다.

따라서 진설린을 통해 역으로 심계를 걸어 천마신교 내부의 분란을 조장할 수도 있을 것이다.

그렇다면 앞으로 이 보선을 공격할 만한 세력은 누가 있을까?

첫 번째는 본부. 진설린은 나를 소환하기 위해서 흑룡대까지 파견했다.

그리고 돈사하를 척살하라는 명령까지 내린 상태. 그렇다면 이후 보선을 타고 사천으로 가는 길에 본부의 마인들이 공격하지 않으리라는 희망은 품을 수 없다.

두 번째는 무림맹의 제삼군. 남궁서가 죽었기에, 특히 남궁세가에선 천하 끝까지 천살가를 추살하려 할 수도 있다.

한 가지 변수는 천살가가 사라짐으로 천살가가 지배하던 강서성과 복건성의 주인이 없어졌다는 것. 제삼군 내 이권 다툼으로 전부 다 천살가를 쫓진 못할 것이다.

다만 남궁세가와 연이 닿아 있거나 은혜를 입은 중소문파들은 분명 고수를 파견하여 겉으로라도 쫓아올 것이다.

그러다 자기 본파에서 몇 명의 사상자가 발생하면 순식간에 임하는 자세가 달라질 것이니 겉으로 쫓아오는 것이라도 충분한 압박이 된다.

세 번째는 사주를 받는 제삼의 세력. 장강 주변에 산재해 있는 각각의 문파들은 속도가 느리고 크기가 거대한 보선을 얼마든지 기습할 수 있다.

하다못해 불화살만 쏴도 이쪽 입장에선 곤욕이다. 그중 가장 꺼림칙한 것은 장강수로채.

장강의 물길을 아는 만큼, 그들이 원하면 얼마든지 불공평한 판을 짤 수 있다.

그들에 대한 방어는 어떻게 되는가?

첫 번째는 역시나 무력. 입신의 고수 한 명과 천마급 마인 세 명. 그리고 백도 제일의 술법사 제갈극까지 타고 있는 보선이다.

그뿐이랴. 천살성 개개인의 무력, 패천후가 가진 정보력과 자금력 등을 생각하면 구파일방이나 오대세가 하나를 넘어서는 수준이다.

두 번째는 수완(手腕). 황만치와 패천후의 수완을 생각하면, 그들이 있음으로써 인해 싸우지도 않고 일이 해결되는 경우가 다반사일 것이다.

보선에서 황만치가 내린다고 해도 중원 전체에 영향력을 미치는 그의 인맥과 중원 최고 상단의 상단주로 있는 패천후의 인맥을 총동원하면 정말 한가로이 떠나는 여행쯤으로 될 수도 있다.

세 번째는 조력자. 가장 먼저 손꼽히는 건 현천가로 아직 완벽한 조력자라곤 할 수 없지만, 돈사하와의 만남 이후로 조력자가 될 확률이 구 할 이상이라 했다.

또한 제이군에 속한 아미파, 청성파까지도 나지오가 직접 나서서 이야기를 진행하면 일손을 거들어줄 것이다.

즉, 이 보선은 전 중원의 모든 세력들이 개입하는 작은 중원이 될 것이다.

과연 누가 살아남고 누가 죽을 것인가?

똑똑.

누군가 방문을 두드리는 소리에 피월려가 말했다.

"들어오시오."

'드르륵' 하는 소리와 함께 문을 열고 들어온 사람은 다름 아닌 제갈극이었다.

그는 태연하게 피월려의 침상으로 걸어가 반쯤 기대앉으며 말했다.

"명상 중이었나?"

"현 상황을 파악하고 앞으로 있을 일을 생각하고 있었지. 제갈극 어르신은 무슨 일로 날 찾아왔소?"

"술을 배우러 왔다."

"……."

"한데 이미 네가 많이 취한 것 같아서, 다음에 해야겠군."

"나는 취할 수 없는 몸이오."

"하긴 몸으로 움직이는 게 아니니까."

"……."

"우선 본좌는 제갈세가를 대표해서 감사를 표하려 한다. 결과적으로 네 덕분에 본좌도 식솔들도 살아남았으니까."

"내가 제갈미와 제갈토의 죽음에 관여했어도 말이오?"

"본좌를 애송이 취급하지 말거라. 전 가주와 미 누님의 죽음은 네놈이 관여하지 않았어도 일어날 일이었지. 서로가 서로를 향한 살심이 너무 셌어."

"제갈세가는 다시 일어설 수 있소?"

"내가 좋은 여자만 찾으면, 얼마든지. 남은 식솔들이 다시 제갈세가의 재건을 위해서 준비하고 있다."

"수라가 된 내가 그들까지 죽이지 않아서 다행이오."

"검선이라면 알아차렸겠지만, 본능만 남은 수라는 모르더군. 진법 안에서 몇 날 머칠이고 네 기운이 상할 때까지 기다렸지. 그리고 나오니까 아주, 쑥대밭이 되어 있더군. 다행히 깊이 숨겨진 본 가의 보물들이 남아 있어 그걸로 대강 생계를 꾸리고 있느니라."

"내가 알기론 곧 천마신교에서 본격적으로 중원을 장악하려 할 것이오. 그들의 손아귀에서 이제 막 재건된 제갈세가가 벗어날 수 있다 보시오?"

"네가 제갈세가의 진법을 초토화시킨 바람에 융중산(隆中山)에는 불가능하겠지. 일단 새로운 제갈세가의 위치는 태룡마검과 협의 중에 있다. 화산 쪽을 생각하고 있어. 화산의 정기를 이용하면 마인들은 꼼짝도 못 하는 진법을 만들어내기 수월하지."

"그 때문에 나 선배를 돕는 것이군."

"본좌는 본 가의 재건을 위해선 누구와도 손잡을 것이다. 그것이 천마신교가 되든 염라대왕이 되든 말이지."

"그런 제갈극 어르신께서 나를 찾아온 것을 보면, 내게 원하는 것이 있어 보이오만?"

"단도직입적으로 말하지, 기시혼이 가지고 있는 기씨 가문의 비보. 그걸 봤다고 들었다. 그걸 말해줘."

"……."

"제갈의 오성과 무현금. 거기에 기씨 가문의 비문(祕文)까지 합쳐지면 본좌는 고금을 통틀어 최고의 수준에 이를 것이다. 전 가주와 미 누님도 그 셋 중 둘밖에 가지지 못했음에도 입신을 넘보는 술법사가 되었지. 천마신교에 있다는 그 술법사, 귀목선자(鬼目仙子)를 상대하기 위해선 적어도 이 세 가지를 모두 갖추어야 가능해."

"즉, 내게 그 비문을 알려달라는 것이군."

"원하는 것이 있으면 말해라. 합당한 선에서."

피월려가 손가락으로 자신의 두 눈을 가리키며 말했다.

"용안심공을 잃어버리고 나서 그 비문에 관한 기억은 없소."

"……."

"하지만 내 시신경에 남아 있는 술법을 제거하여 용안을 완전히 내 뇌에서 꺼낸다면, 제대로 된 기억이 되살아날 가능성이 있지."

제갈극의 작은 눈썹이 꿈틀거렸다.

"무슨 뜻이냐? 네 용안이 뽑힘으로써 용안심공도 사라진 것 아니냐?"

"스승이 내게 용안을 줄 때, 내 시신경과 연결하기 위해서 술법을 쓴 모양이오. 완전히 내 머릿속에서 나간 건 아니지. 또한 심공이란 것이… 눈이 없어졌다고 완전히 사라질 수 있는 것이겠소?"

"……."

"그러니 그걸 부탁하겠소. 내 머릿속에서 용안심공의 흔적을 완전히 지워주시오. 조금이라도 남아 있는 걸 모조리."

피월려는 서서히 두 눈을 떴다.

제갈극은 그 휑한 속을 지그시 바라보다가 툭하니 말했다.

"뇌처럼 복잡하기 이를 데 없는 것이 없다. 잘못하면 죽을 수도 있어."

"비문을 얻고자 하면 해야 할 것이오."

"진심이냐?"

"진심이오."

"왜?"

"꿈을 꿨소."

"꿈?"

"내 머리 위로 청룡이 날아다니더이다."

"……."

"내가 내력을 얻게 되면 그 청룡은 얼마든지 부활할 것이오. 그리고 내 마음을 다시금 지배하려 하겠지. 심장에 머무는 백호도 마찬가지. 이대로 놔둘 수 없소."

"알아듣지 못할 소리만 하는군."

"뭣하면 내 머릿속으로 들어오시오."

"안 그래도 들어갈 생각이다. 그렇게 하지 않으면 용안심공을 지워내는 것도 불가능하니."

"……."

"쉽게 해결할 줄 알았는데, 이렇게 귀찮아지다니. 쯧!"

제갈극은 무현금을 옆에 내려놓고 침상에서 탁 하고 내려왔다.

그리고 가부좌를 펼친 피월려에게 걸어와서 그의 머리에 양손을 얹었다.

"얼마나 걸릴지 모르느니라. 준비되었느냐?"

"준비됐소."

"그럼 시작하마. 이면(裏面)에서 보자."

제갈극과 피월려는 동시에 눈을 감았고, 그들의 육신은 그대로 굳어버렸다.

『천마신교 낙양지부』 23권에 계속…

# 초대형 24시 만화방

신간 100%, 샤워실, 흡연실, 수면실(침대석), 커플석, 세탁기 완비

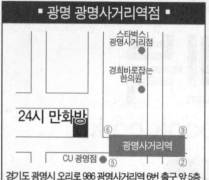

## ■ 광명 광명사거리역점 ■

경기도 광명시 오리로 986 광명사거리역 6번 출구 앞 5층
02) 2625-9940 (솔목타워 5층)

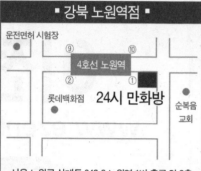

## ■ 강북 노원역점 ■

서울 노원구 상계동 340-6 노원역 1번 출구 앞 3층
02) 951-8324 (화용빌딩 3층)

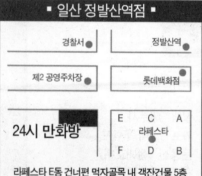

## ■ 일산 정발산역점 ■

라페스타 E동 건너편 먹자골목 내 객잔건물 5층
031) 914-1957

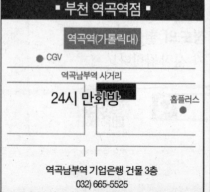

## ■ 일산 화정역점 ■

경기도 고양시 덕양구 화정동 984번지 서일빌딩 7층
031) 979-4874 (서일사우나 건물 7층)

## ■ 부천 역곡역점 ■

역곡남부역 기업은행 건물 3층
032) 665-5525

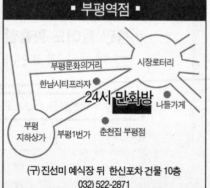

## ■ 부평역점 ■

(구) 진선미 예식장 뒤 한신포차 건물 10층
032) 522-2871

# 한의 韓醫 스페셜리스트

가프 장편소설

FUSION FANTASTIC STORY

돌팔이 소리만 듣던 한의사 윤도.

달라지고 싶은 마음에 찾아간 중국 명의순례에서
버스 추락 사고에 휘말리고 마는데…….

구사일생으로 살아 돌아온 지 30일.
전에 없던 스페셜한 능력들이 생겼다?

초짜 한의사에서 화타, 편작 뺨치는 신의로!
세상의 모든 질병과 인술 구현에 도전한다!

Book Publishing CHUNGEORAM

유행이 아닌 자유추구 -
WWW.chungeoram.com

# 기적의 환생

## MIRACLE LIFE

박선우 장편소설

FUSION FANTASTIC STORY

> "한 사람의 영웅은 국가를 발전시키기도,
> 타락시키기도 한다."

믿었던 가족들의 배신으로 모든 것을 잃은 최강철.
삶의 의미를 잃은 그는 결국 죽음을 선택하는데······.

삶의 끝자락에서 만난 악마 루시펴!
그와의 거래로 기억을 가진 채 고등학생 시절로 되돌아간다.

## 다시 얻은 삶.
### 나는 이전의 비참했던 삶을 뒤로하고 황제가 되어
### 세상을 질주할 것이다!